AF216881

Tucholsky Wagner Zola Scott Sydow Freud Schlegel
Turgenev Wallace Fonatne

Twain Walther von der Vogelweide Fouqué Friedrich II. von Preußen
Weber Freiligrath Frey

Fechner Fichte Weiße Rose von Fallersleben Kant Ernst Richthofen Frommel

Engels Fielding Hölderlin

Fehrs Faber Flaubert Eichendorff Tacitus Dumas

Feuerbach Maximilian I. von Habsburg Fock Eliasberg Zweig Ebner Eschenbach
Ewald Eliot Vergil

Goethe Elisabeth von Österreich London

Mendelssohn Balzac Shakespeare Dostojewski Ganghofer
Trackl Stevenson Lichtenberg Rathenau Doyle Gjellerup
Mommsen Tolstoi Hambruch
Thoma Lenz Hanrieder Droste-Hülshoff

Dach Verne von Arnim Hägele Hauff Humboldt
Reuter Rousseau Hagen Hauptmann Gautier
Karrillon Garschin Defoe Baudelaire
Damaschke Descartes Hebbel

Wolfram von Eschenbach Hegel Kussmaul Herder
Bronner Darwin Dickens Schopenhauer Rilke George
Melville Grimm Jerome Bebel Proust
Campe Horváth Aristoteles

Bismarck Vigny Barlach Voltaire Federer Herodot
Gengenbach Heine

Storm Casanova Tersteegen Gilm Grillparzer Georgy
Chamberlain Lessing Langbein Gryphius
Brentano Lafontaine
Strachwitz Claudius Schiller Kralik Iffland Sokrates
Katharina II. von Rußland Bellamy Schilling
Gerstäcker Raabe Gibbon Tschechow

Löns Hesse Hoffmann Gogol Wilde Gleim Vulpius
Luther Heym Hofmannsthal Klee Hölty Morgenstern
Roth Heyse Klopstock Kleist Goedicke
Luxemburg Puschkin Homer Mörike
La Roche Horaz Musil
Machiavelli Kierkegaard Kraft Kraus
Navarra Aurel Musset
Nestroy Marie de France Lamprecht Kind Kirchhoff Hugo Moltke

Nietzsche Nansen Laotse Ipsen Liebknecht
Marx Lassalle Gorki Klett Ringelnatz
von Ossietzky May Leibniz
vom Stein Lawrence Irving
Petalozzi Knigge
Platon Pückler Michelangelo Kafka
Sachs Poe Liebermann Kock Korolenko
de Sade Praetorius Mistral Zetkin

Bis zum Nullpunkt des Seins

Kurd Laßwitz

Impressum

Autor: Kurd Laßwitz
Umschlagkonzept: toepferschumann, Berlin

Verlag: tredition GmbH, Hamburg
ISBN: 978-3-8424-9158-8
Printed in Germany

Text der Originalausgabe

Kurd Laßwitz

Bis zum Nullpunkt des Seins

Erzählung aus dem Jahre 2371

(1871)

I. Das Geruchsklavier

Aromasia saß im Garten ihres Hauses und sah träumerisch ins Blau des schönen Sommertages vom Jahre 2371. Sie folgte mit ihren Blicken den kleinen dunklen Wolken, welche sich hier und da plötzlich in der Atmosphäre bildeten und einen Regenguss herabströmen ließen; oder sie spähte nach den fliegenden Wagen und Luftvelozipeden aus, die zu ihren Füßen in buntem Gewühle die breite Straße erfüllten. Denn der Garten Aromasias befand sich in der luftigen Höhe von ungefähr hundert Metern über dem Erdboden auf dem Dache ihres Hauses.

Man sah sich genötigt, die Wohnhäuser in so gewaltigen Dimensionen aufzutürmen und die Gärten über ihnen anzubringen, da man den Raum der ebenen Erde dem Ackerbau vorbehalten musste. So reich bevölkert war der Erdball, dass man jedes Plätzchen dem Anbau der Halmfrucht und der Ernährung des Schlachtviehs widmen musste, um die Gefahr einer Hungersnot abzuwenden.

So wogten denn am Boden die Getreidefelder, wo immer Luft und Licht es gestatteten; darüber standen auf festen, hohen Säulen die Gebäude der Menschen, in deren unteren Stockwerken die Industrie ihr geschäftiges Leben trieb. Weiter oben folgten Privatwohnungen, und die Krone des Ganzen bildeten anmutige Gärten, deren freie und gesunde Lage sie zum beliebtesten Aufenthalte machte.

Die Aufeinanderfolge von fünfzehn bis fünfundzwanzig Stockwerken war übrigens durchaus nicht mit Unbequemlichkeiten verbunden; denn der Luftwagen war das gewöhnliche Verkehrsmittel; und wollte man wirklich einmal zu Fuß ausgehen, so fanden sich die Treppen durch treffliche Hebe- und Senkvorrichtungen ersetzt. In den Städten – und deren gab es unzählige – waren außerdem die einzelnen Stockwerke längs der Straßenfront durch Galerien verbunden; ihre Benutzung war bequem und praktisch, aber – wie es so geht, man weiß nicht immer, warum – bei der feinen Gesellschaft galt sie nicht für standesgemäß; sie diente nur dem kleinen Geschäftsverkehr und Hausgebrauche. Ebenso hielt man es für unpassend, ja, es war sogar straßenpolizeilich verboten, innerhalb der Stadt mit den leichten Fahrzeugen sich höher als die Dächer der

Häuser zu erheben oder quer über Privatbesitz durch die Luft zu fliegen. Natürlich gab es auch immer mutwillige und unartige Übertreter dieser Sitte, und wenn es früher, im rohen Neu-Mittelalter, der Übermut der männlichen Jugend nicht verschmähte, in weinseliger Nacht allerlei Unfug an Schildern und Hausklingeln zu verüben, so kam es auch heute wohl vor, dass sich am Morgen ein Fenster mit schönen Bildern verklebt fand oder ein wohlverpacktes Bukett zum Schornstein hereinspazierte.

Aromasia Duftemann Ozodes, die allverehrte Künstlerin, seufzte leise, nachdem sie wieder vergebens in der Menge der Luft-Droschken nach dem Ziele ihrer Sehnsucht gesucht hatte.
»Wo nur Oxygen bleiben mag?«, klagte sie sanft in den wohltönenden Lauten der deutschen Sprache. Denn wenn man auch im gewöhnlichen Verkehre sich fast ausschließlich der neu eingeführten Universalsprache zu bedienen pflegte, so sprach man doch die zarten Empfindungen des Herzens in den süßen Klängen der ursprünglichen Muttersprache aus.

»Merkwürdig«, fuhr sie fort, »dass er nicht nach seiner Gewohnheit längst zu mir geeilt. Schon neun Uhr vierundachtzig Minuten siebzig Sekunden?[1]

Und auch Magnet kommt nicht – aber die Dichter sind unpünktlich. Er sinnt gewiss auf ein Grunzulett; und dazu braucht er Zeit.«

Das Grunzulett ist nämlich eine neue Dichtungsform, welche die Vorzüge des Sonetts, des Gasels, der alcäischen Strophe und des Familienromans in sich vereinigt, leider aber nur in der modernen Universalsprache zu leisten ist, weil seine Hauptschönheit darin besteht, dass Alliteration und Reim durch eigene Selbstvernichtung sich zu einer neuen Form, der »in sich zurückkehrenden unendlichen Lautquetsche«, verbinden.

Jetzt griff Aromasia nach dem neben ihr liegenden Doppelfernrohr und sah scharf nach einer Stelle der Vorstadt, welche ungefähr 25 Kilometer von ihrem Standpunkte entfernt sein mochte; eine jener schon erwähnten kleinen Wolken erhob sich gerade darüber.

---

[1] Man teilte den Tag in zweimal zehn Stunden à 100 Minuten à 100 Sekunden.

»Es ist Oxygen«, sagte sie beruhigt bei sich, indem sie das Fernrohr sinken ließ.»Ich erkenne seine Maschine. Er ist also beschäftigt und wird erst später erscheinen. So muss ich mir denn bis zu seiner Ankunft die Zeit nach eigenem Geschmack vertreiben. Wohlauf, meine getreue Kunst! Ihr gewaltigen Gedanken der großen Duftmeister sollt mir die schleichende Stunde verkürzen und meine Seele in die Regionen wunschlosen Wahnes tragen!«

Sie trat auf die Versenkung und befand sich wenige Augenblicke später in ihrem geschmackvoll eingerichteten Zimmer. Ein Instrument in der Gestalt eines Pianinos stand in der Mitte. Sie öffnete den Deckel und griff in die Klaviatur des Ododions; bald schwelgte sie in den Wonnedüften einer Fantasie von Riechmann, und harmonische Wohlgerüche durchströmten das Zimmer.

Das *Ododion* (von οδωδη, der Geruch) oder *Geruchsklavier* wurde im Jahre 2094 von einem Italiener namens Odorato erfunden und im Laufe der Zeit, entsprechend den Fortschritten der Chemie, bedeutend vervollkommnet. Das Instrument unserer Künstlerin war aus einer deutschen Fabrik und zeichnete sich durch seinen großen Umfang an Gerüchen aus; es reichte von dem als unterste Duftstufe angenommenen dumpfen Keller- und Modergeruche bis zum Zwiblozin, einem erst im Jahre 2369 entdeckten äußerst zarten Odeur. Jeder Druck auf eine Taste öffnete einen entsprechenden Gasometer, und künstliche mechanische Vorrichtungen sorgten für die Dämpfung, Ausbreitung und Zusammenwirkung der Düfte.

Nachdem man die Musik auf einen solchen Höhepunkt der Vervollkommnung gebracht hatte, dass das Ohr unmöglich mehr ertragen konnte, hatte man seine Aufmerksamkeit der so sehr vernachlässigten Nase zugewandt. Die Feinheit des Geruchsorgans war freilich bei der Menschheit in der Rückbildung begriffen; aber warum sollte man diese nicht steuern können? Kein anderer Sinn wirkt gleich lebhaft auf unsere Ideenassoziation wie der des Geruchs; es lag nahe, ihn künstlerisch dazu zu verwerten, bestimmte Vorstellungen und Empfindungen in uns hervorzurufen. Man studierte die Eigentümlichkeiten und Wirkungen der Gerüche, fand die Gesetze ihrer Harmonie und Disharmonie, anfänglich auf empirischem, später auch auf theoretischem Wege, die Chemie stellte immer wohlfeiler die notwendigen Aromen her, und nachdem das Ododion erst als Kuriosum gezeigt und auf Rundreisen durch die Städte von aller Welt angestaunt worden war, bürgerte es sich bald in den Familien, im Privatkreise ein.

Die größten Duftmeister, zuerst Naso Odorato, dann Stinkerling, Frau Schnüffler, Riechmann, Aromasias Eltern selbst, Herr Duftemann und Frau Ozodes, eine Griechin, leisteten Ododionpiecen, welche den Tonwerken der größten Musiker dreist an die Seite gestellt werden konnten, und bald war das Ododion, das namentlich in seiner Verbindung mit der menschlichen Stimme hinreißend wirkte, so in allen Häusern eingebürgert wie vor fünf Jahrhunderten das Klavier. Töchter und Söhne räucherten in ihren Mußestunden darauf herum, und die Nachbarn klagten und jammerten über die Stümperei, die Geruchsüberladung und Nasenmarter gerade so, wie man früher über das Flügelspiel und die Ohrenquälerei herzog.

Aromasia Duftemann Ozodes aber war eine Künstlerin im wahren Sinne des Worts. Ihre Duftakkorde umstrickten die Seele mit Allgewalt. Springauf, Flieder und Rosen führten die Träume in die holde Zeit des Sommers und der jungen Liebe; aber allmählich verschwimmen diese Düfte, wir glauben vor verwelkten Blumen zu stehen, und ein Gemisch von Jasmin und Schnittlauch durchzieht das Gemüt mit unendlicher Wehmut. Und nun aus der Ferne, durch diese Wehmut hindurch, riechen wir den Hohn, den Leichtsinn des Treulosen im Dufte des Weines; mehr und mehr umhüllen uns Alkoholdämpfe – da, wie ein Aufschrei des Entsetzens, ein Missgeruch! Pulver ist es, dann dunkle Grabesluft... Noch einmal im unendlichen Schmerz erheben sich die Duftakkorde, dann verduften sie in stiller Resignation...

Aromasia ließ die Hand sinken. Da fühlte sie dieselbe ergriffen und mit heißen Küssen bedeckt.

Magnet Reimert-Oberton war unbemerkt zum Fenster herein luftvelozipediert und zu ihren Füßen niedergesunken. Noch bebte seine Seele im Nachgefühl des Spieles Aromasias.

Magnet führte wie alle Leute einen Doppelnamen. Der rechtlichen Gleichstellung der Frauen gemäß behielten die Kinder sowohl den Namen der Mutter als den des Vaters; verheirateten sie sich, so ließen die Töchter den Namen des Vaters, die Söhne den der Mutter fort und nahmen dafür den des Gemahls hinzu.

Reimert-Oberton war ebenfalls Künstler, und zwar Dichter. Nach unseren Begriffen würde man ihn als einen unerträglichen Realisten bezeichnen, dem damaligen Zeitalter aber galt er nicht nur als ein übermäßiger Idealist, sondern auch als weichlicher Romantiker. Denn er stand noch auf dem Standpunkte der Dichter des dreiundzwanzigsten Jahrhunderts, welche sich gern in das Zeitalter des Dampfes zurückträumten, in jene Tage, als die Menschen noch gezwungen waren, zu den Bergen aufzusehen. Er verzweifelte an der Macht der Poesie in einem Jahrhundert, in welchem man den rechnenden Verstand vergötterte, und pries die Zeit des Neumittelalters glücklich, in welcher es nicht darauf ankam, an ein heiliges Wunder zu glauben und mit Klopfgeistern zu verkehren. Eine Neuerung jedoch hatte er versucht, welche ein Verdienst um die Literatur bildete, nämlich die Einführung der begrifflich strengen wissenschaftlichen und technischen Bezeichnungen der Vorgänge in die Poesie an Stelle der auf einer veralteten Anschauung beruhenden so genannten poetischen. Übrigens dichtete er meist deutsch und verfasste nur die Grunzuletts in der Universalsprache.

»O große Aromasia«, rief er jetzt, »des vierundzwanzigsten Jahrhunderts erhabenste Ododistin! Ihnen gehört der Schwingungszustand meiner Gehirnzellen, ihnen bebt jede Nervenfaser meines Rückenmarks! Wie die Flur den durch die mit Wasserdämpfen gesättigte Morgenluft stark absorbierten Sonnenstrahlen entgegenseufzt, so zittern nach den Düften ihres Ododions die zarten Häute meiner Nase!«

»Magnet«, erwiderte Aromasia, mit dem Finger drohend, »seien Sie nicht unartig! Sie vergessen wieder, was wir ausgemacht haben – Ihre Anbetung ist gestattet, aber in geziemenden Grenzen. Sie verdienten wirklich, dass Ihnen mein Bräutigam einen Regenguss über den Hals schickte. Ich will Oxygen darum bitten!«

»Grausame! Ich fürchte keine Kondensation – die lebendige Kraft meines heißen Blutes wird die Wassermolekel auseinandertreiben.«

»Warten wir das ab! Übrigens wissen Sie selbst, wie sehr Sie übertreiben. Ihre Schmeicheleien müssen mir wie Spott klingen, denn ich kenne zu gut meine schwachen Kräfte, welche die Ideale meiner Nase nicht erreichen. Wo bleibt die Gedankentiefe eines Riechmann in meinem Gedüftel. Riechen[2] Sie hier diesen einfachen Übergang vom aromatischen Drei-Duft durch den halben Mollgeruch in die Schlussozodie. Was liegt nicht alles in diesem einfachen Zuge! Kraft, Todesmut, Stärke, Stiergebrüll, die ganze Geschichte der Erfindung des elektromotorischen Schnellwagens, Menschengröße, Gewitter, Winzertanz und sogar die Elemente der Kometbahn von neunzehnhundertachzig. Das kann aber auch nur ein Richard Riechmann.«

»Sie sind zu bescheiden. Haben doch auch Sie schon die Überwindung des Materialismus durch den Kritizismus und die Vollendung des Nikaragua-Kanals auf dem Ododion dargestellt.«

»Es sind schwache Versuche! O Magnet, arm wird uns der Meister erstehen, welcher das Geruchsdrama der Zukunft schafft! Riechmann? Ihm mangelt die gestaltende Kraft der Sprache – ach, Magnet, warum sind Sie kein Duftkünstler?«

»Weil ich leider nur ein Dichter bin, aber ein schlechter. Doch nicht in der Zukunft dürfen Sie unsere Ideale suchen, greifen Sie zurück in die Vergangenheit.«

»Ich bitte Sie, Shakespeare, Goethe...«

»Viel zu veraltet, nein – aber Anton Feuerhase und sein Trauerspiel ›Die letzte Lokomotive‹! Das ist Poesie! Denken Sie an die Schlussszene mit der Musik von Brummer – die Ododionbegleitung ist, glaub' ich, von Stinkerling –, wie der Kessel platzt, der unselige Lokomotivführer, der im Zwiespalt der Pflichten zwischen der Rettung des Publikums und des Eigentums der Bahnverwaltung untergeht, in die Luft geschleudert, mitten zwischen den Trümmern, nachdem er schon die Kinnlade und ein Bein verloren, hinunterdonnert zu den Wagons.

Vergebens, Dampf, dass du den Atem hemmst!
Der Eilzug stürzt! Ade, mein Bein! Bremst! Bremst!

---

[2] Aromasia sagte: »Räuchen Sie.« Man hatte zur Unterscheidung vom Intransitivum »riechen« das Transitivum »räuchen« gebildet und sagte: Die Rose riecht, roch, hat gerochen; der Mensch räucht, räuchte, hat geräucht. Leider müssen wir noch beim Alten bleiben.

Wenn dann der Vorhang fällt und die Musik das Geräusch der Bremsen noch nachtönen lässt, dann erst fühlt man, was die Dichtkunst vermag. Und mir gelingt es nicht einmal, ein armseliges Grunzulett ins Deutsche zu übertragen.«

»Aber es gelingt Ihnen, so manches Gemüt zu erheben über die Gewöhnlichkeit des Lebens und sich unabhängig zu fühlen vom verwirrenden Urteil der Menge. Und das ist es, was ich an unserer Kunst preise.«

»Nicht alle werden es Ihnen zugeben. Die Partei, welche sich den Namen der ›Nüchternen‹ gegeben hat, behauptet, dass nur durch die Bildung des Verstandes ein Fortschritt der Menschheit möglich sei; dass die intellektuelle Entwicklung, wie sie die Emanzipation von der Naturgewalt geleistet habe, auch allein im Stande sei, von den Leidenschaften zu befreien und die Menschheit ihrer sittlichen Vollendung und mehr entgegenzuführen; ja, dass wir den Errungenschaften der Wissenschaften allein den hohen Kulturzustand der Gegenwart in ethischer Beziehung verdanken, unsere Toleranz, unsere Milde, unsere Reinheit der Gesinnung.«

»Magnet, Sie erinnern mich zur Unzeit an diesen unseligen Parteistreit, der so tief in die Verhältnisse unseres Lebens eingreift. Sie wissen, dass hier der einzige Punkt liegt, der mich von Oxygen trennt, dass hier allein unsere Meinungen auseinander gehen. Und doch kann ich nicht anders, wie lieb ich meinen Bräutigam habe – es ist meine heiligste Überzeugung, dass allein dem Einflusse der Künste, insbesondere der Ododistik, auf den Menschen die Erhebung der Sittlichkeit und die Förderung der Zivilisation zugeschrieben werden kann: Nur zu oft macht diese Meinungsverschiedenheit uns bittere Stunden, und ich fürchte...«

»Nicht doch Aromasia! Sie sagten selbst so oft, dass bei der Gewohnheit unserer Zeit, jegliches Urteil gelten zu lassen und die Sache von der Person zu trennen, eine persönliche Anfeindung aus einem Streite der Anschauungen überhaupt nicht mehr entstehen könne. Wie mögen Sie solche Befürchtungen durch die aus den Bewegungen ihrer Mundhöhle resultierenden Schallwellen ausdrücken?«

»Weil ich gar nicht so sicher bin, dass unser Zeitalter wirklich auf einer so gepriesenen Höhe objektiver Betrachtung steht. Wäre es nur ein rein theoretischer Streit, um den es sich handelte, so wollte ich mich beruhigen. Aber wie oft auch die Nüchternen dies behaupten mögen, es ist nicht wahr. Hier liegt ein Gegensatz vor, der tief in der Natur des Menschen begründet ist, der immer bestanden hat und bestehen wird und sich gegenwärtig nur in dieser Form ausspricht. Wir sind nicht mehr im Stande, in tödliche Feindschaft zu geraten, weil einige religiöse Dogmen bei dem einen anders lauten als beim Nachbar, aber der unauslöschliche Kampf entgegengesetzter Ideale äußert sich dafür im Parteihader der ›Nüchternen‹ und der ›Innigen‹. Die Namen sind unglücklich genug gewählt. Die Nüchternen sind die allerschlimmsten Fanatiker; wenn sie sich auf die ›nüchterne Überlegung‹ berufen, so lügen sie. Ihre innerste Gemütsanlage ist eben fremd und abgeneigt den warmen Empfindungen einer ideal fühlenden Seele, die das Leben erfasst wie es sein soll, und nicht zergliedert, wie es ist.«

»Seien Sie nicht so böse, Aromasia«, tröstete Magnet.»Bei diesen Leuten sind nun einmal die Zentralorgane der Geruchsempfindungen, das Subiculum des Ammonshorns oder die Spitze der ›hakenförmigen‹ Windungen schlecht entwickelt. Ihr Gehirn ist einer feinen Duftempfindung nicht zugänglich, und sie werden eine Aromasia nie verstehen.«

»Und Oxygen?«

Magnet schwieg. Sanft irrten Aromasias Finger über die Tasten, die zarte Wohlgerüche ausströmten.

Eine Luftdroschke schwirrte vor das Fenster, Oxygen führte sie. Er stellte die Schraube des Apparates horizontal, so dass die Drehung derselben den Wagen nur schwebend erhielt, ohne ihn fortzutreiben, befestigte das Fahrzeug am Fenster und trat mit freundlichem Gruß ins Zimmer.

Aromasia eilte ihm entgegen und begrüßte ihn herzlich. Ihr folgte Magnet. Oxygen näherte sich, Aromasia an der Hand führend, dem Fenster und blickte in ein dort aufgestelltes Mikroskop.

»Allerliebst«, sagte er,»ich gratuliere, Aromasia. Selten habe ich einen so vorzüglichen Urschleim gesehen wie diesen hier. Prächtig gelungen.«

»Dir zu Liebe Oxygen«, erwiderte seine Braut. »Ich weiß, wie sehr du dich freust, wenn ich mich deiner kleinen Lieblinge annehme. So habe ich manche Stunde vor dem Mikroskop gesessen und der Zellbildung zugesehen.«

Es war damals Mode, den so genannten Urschleim, das niedrigste organische Gebilde, aus anorganischen Stoffen zu ziehen. Professor Selberzelle hatte den Triumph gehabt, die erste zweifellose Urzeugung zu beobachten, und statt mit Papageien oder Schoßhündchen spielten Damen und Herren in ihren Mußestunden jetzt unter dem Mikroskop mit den zarten Urschleimtypen.

»Du bist später als gewöhnlich gekommen«, fuhr Aromasia fort. »Du hattest viel zu tun?«

»Leider, ich bin sehr mit Bestellungen überhäuft, das Wetter ist bei uns ausnahmsweise trocken, und ich habe alle Mühe, Wasser genug zu schaffen. Und heute hatte ich besonders viel zu besorgen, denn ich wollte mich für morgen frei machen. Ich habe dir nämlich einen Vorschlag mitzuteilen – ich denke, Magnet, du wirst auch dabei sein?«

Nun entwickelte Oxygen seine Idee.

Oxygen Warm-Blasius war seines Zeichens nichts Geringeres als Wetterfabrikant; das heißt, er war Besitzer eines großen Etablissements, welches Apparate herstellte und verlieh, um Veränderungen in der Atmosphäre künstlich hervorzurufen. Dies geschah durch chemische und physikalische Kräfte; da wurden Dämpfe entwickelt, große Luftmassen erhitzt oder abgekühlt, obere Luftschichten in niedere Regionen gesogen, tiefere hinaufgepresst, Wolken gebildet und zerstreut. Oxygens Geschicklichkeit hatte sein Etablissement zu einem sehr beliebten gemacht.

»Ich habe also für morgen meine Geschäfte bereits geordnet«, fuhr er jetzt fort, »um mit euch eine kleine Partie für den ganzen Tag zu arrangieren. Es ist nämlich gerade morgen einer der so sehr seltenen Tage, an denen die ganze nördliche Erdkugel heiteres Wetter besitzt, und wir können daher unsern Ausflug beliebig einrichten, ohne künstlicher Hilfe zu bedürfen oder irgendeine Störung befürchten zu müssen.«

»Und wohin willst du?«, fragte Magnet.

»Ich schlage vor, nach dem Niagarafall zu fahren. Anfänglich dachte ich an die Nilquellen, aber dort waren wir erst im Winter, und in den Tropen ist auch der Aufenthalt in gegenwärtiger Jahreszeit nicht gerade angenehm.

»Zum Niagara«, rief Aromasia, »das hast du gut ausgedacht, Oxy! Aber da müssen wir wohl zeitig hinaus?«

»Wenn wir um sechs Uhr abfahren, so haben wir übrig Zeit, auch ohne unsere Maschine zu sehr anzustrengen. Selbst wenn wir uns vier Stunden[3] am Fall aufhalten, können wir um zehn Uhr abends wieder zurück sein. Sechs Stunden brauchen wir zur Hinfahrt. Ich würde aber vorschlagen, lieber schon um vier oder ein halb fünf Uhr, gleichzeitig mit der Sonne, aufzubrechen. Da wir nach Westen fahren, können wir unsere Geschwindigkeit so wählen, dass wir der entgegengesetzten Drehung der Erde ganz genau das Gleichgewicht halten und sie für uns paralysieren. Wir genießen dann, den Blick zurückgewendet, das Schauspiel eines sechsstündigen Sonnenaufgangs, der sich auf dem Atlantischen Ozean ganz prachtvoll macht.«

»Vor uns den Tag und hinter uns die Nacht«, zitierte Magnet.

»Eigentlich müsste es bei uns umgekehrt heißen«, meinte Oxygen, »aber wir müssen die Alten verbrauchen, wie sie sind.«

»Dieser Ausfall sei dir verziehen, teurer Oxygen«, rief Magnet, »denn deine Idee ist wirklich brillant, grunzulettal! Freilich kommen wir auf diese Weise auch schon nach unserem Ziele, wenn es dort erst vier Uhr morgens ist.«

»Dafür, weiser Dichter, entgehen wir auch der Mittagshitze auf dem Lande. Um acht oder neun Uhr brechen wir dann auf, sechs Stunden zurück, das heißt relativ zwölf Stunden, da wir jetzt der Sonne mit derselben Geschwindigkeit entgegeneilen, als wir auf der Hinfahrt vor ihr herflogen, und um acht Uhr nach mittlerer Berliner Zeit sind wir wieder zu Hause, also noch bei Tageslicht.«

---

[3] Zur Bequemlichkeit für den Leser des 19. Jahrhunderts (wir begnügen uns, für diesen zu schreiben) sind hier solche Stunden genommen, von denen 24 auf einen Tag gehen.

»Und für morgen bist du des Wetters ganz sicher?«, fragte Aromasia.

»Überzeuge dich selbst«, erwiderte Oxygen, indem er aus seinem Wagen den Wetteratlas holte und den betreffenden Tag aufschlug.

Im Wetteratlas findet sich auf ein halbes Jahr im Voraus für jeden Tag der Zustand der Atmosphäre auf der ganzen Erde angegeben. Bis auf die halbe Meile und die Viertelstunde bestimmte die Meteorologie die Witterung mit mathematischer Genauigkeit. Auf kolorierten Erdkarten in großem Maßstabe waren diese wissenschaftlichen Ergebnisse verzeichnet, jedem Tage gehörte eine Karte.

»Ihr seht«, fuhr Oxygen fort und blätterte in den Karten, »Regenstreifen überall im Westen – nur morgen prachtvollstes Wetter. Also abgemacht?«

»Abgemacht! Vorbereitungen sind ja nicht nötig.«

»Gut, so fahren wir morgen früh vier Uhr in meinem neuen Motor.«

»Das muss ich gestehen«, fügte Aromasia hinzu, »dieses Verdienst der Wissenschaft erkenne ich an, welches sie sich um unsere Garderoben erworben hat. Wie grässlich muss es gewesen sein, als man von solchen Zufälligkeiten, wie es ein Regenguss, ein Windstoß scheinbar sind, in allen seinen Bestimmungen abhängig war.«

»Nur von *einem* Naturzwange konnten wir uns vorläufig nicht befreien«, sagte Oxygen lächelnd, »nämlich vom Hunger. Und ich muss gestehen, es wäre mir lieb, wenn...«

»Wir sind bereit«, rief Aromasia, indem sie einen kräftigen Bratengeruch auf dem Ododion anschlug.

Und die Gesellschaft bestieg den Luftmotor Oxygens, um sich in das Speisehaus zu begeben.

II. Im Pyramidenhotel

Im großen Speisesaale des Pyramidenhotels herrschte ein reges Leben. Luftdroschken fuhren ab und zu; an den Büfetts, welche sich längs der Wände hinzogen, drängten sich die Geschäftsleute und die Durchreisenden, im Vorbeigehen die Universal-Kraft-Extraktpillen dieser oder jener Speise einzunehmen, welche sie in den Stand setzten, in wenigen Sekunden eine Mahlzeit von mehreren Gängen zu genießen. Diejenigen, welche mit ihrer Zeit in gleichem Maß zu sparen nicht nötig hatten, saßen an den geschmückten Tafeln in der Mitte des Saales. An jedem Platze befand sich eine Anzahl Knöpfe, deren Aufschriften die Speisekarte darstellte, und ein Druck auf dieselbe zauberte, dem »Tischlein, deck dich« gleich, die verlangte Schüssel unter der Tischplatte hervor.

Die Verkehrsmittel des 24. Jahrhunderts ließen jedes Land seine Tribute darbringen. Dieses Schnabeltier hatte noch vorgestern in van Diemens Land die Ameisen in Schrecken versetzt; der Singschwanflügel, den Aromasia eben zerlegte, war erst gestern in Nowaja-Semlja vom Schlage des elektrischen Jagdgewehrs gelähmt worden. Die Zeit der Reise schien keinen Einfluss mehr auf den Verbrauch der Früchte zu üben. Auf dem unendlichen Streifen, welcher in der Mitte des Tisches alle auf ihm niedergestellten Tafelzierden in steter Bewegung an den Gästen vorüberführte, prangten die schönsten ungarischen Trauben neben deutschen Erdbeeren, Apfelsinen, vor einer Stunde in Sardinien vom Baume gepflückt, daneben fleischige Acaju-Nüsse aus Brasilien und in kleinen Kristallschalen frische Kokosmilch von den Nikobaren.

Gemischt aus allen Zonen, wie das Menü, waren auch die Scharen der Speisenden. Denn die ganze Menschheit war in einem ewigen Wandern und Strömen durcheinander begriffen. Ob dies gleich mehr an den Büfetts, weniger an den Tafeln hervortrat, wo fast nur die einheimischen Familien speisten, war doch auch hier der kosmopolitische Zug des Jahrhunderts wohl zu merken. Mit Ausnahme des allerreichsten Teiles der Bevölkerung, welcher es durchsetzen konnte, seinen eigenen Tisch zu haben, war jeder darauf angewiesen, in den öffentlichen Garküchen zu speisen. Denn mit der Vermehrung der Bevölkerung konnte die Produktion der Nahrungsmittel nur mühsam Schritt halten, und die Verteuerung der Rohstoffe ließ sich nur dadurch ausgleichen, dass die Kosten der Zubereitung durch die Speisegenossenschaften auf ein Minimum reduziert wurden. Die Güte und Reichhaltigkeit der Gerichte konnte dadurch natürlich nur gewinnen, leider aber verlor der Familienzusammenhang und die Poesie des Hauses umso mehr durch die nivellierende Öffentlichkeit. Schwarzseher prophezeiten wohl schon den Untergang der Sitte und Kultur; aber das ist allezeit geschehen, und jeder Vorurteilsfreie musste eingestehen, dass trotz manch wunderlicher Gegensätze zu gleicher Höhe sittlicher Freiheit und allgemeinen Glücks die Menschheit sich noch nie erhoben hatte.

Mit Eifer blickte man nach den großen Tafeln der Drucktelegrafen im Hintergrund des Saales, auf welchen die mannigfaltigen Nachrichten aus allen Weltgegenden sofort selbsttätig in stenografischer Schrift sich verzeichneten. Das Tagesgespräch bildete der Konflikt zwischen den Vereinigten Staaten und dem chinesischen Kaiserreich, welches ihnen das Durchflugsrecht zu wehren versuchte. Doch wollte man an einen Krieg nicht glauben, da man sich von der Hoffnung nicht trennen konnte, der so genannte Eisenbahnkrieg zwischen Russland und China im Jahre 2005 möge der letzte Krieg der zivilisierten Erde gewesen sein. Die Chinesen waren durch denselben gezwungen worden, ihr Land dem europäischen Eisenbahnverkehr zu eröffnen; aber in demselben Jahr, in welchem die mittelasiatische Pazifik-Bahn vollendet war, erlitt das Verkehrswesen durch die Erfindung des Luftmotors eine derartige Umwälzung, dass die russischen Errungenschaften bald ihre Bedeutung verloren.

Auch an Aromasias Tische sprach man von den politischen Verhältnissen, und es war natürlich, dass man sich zu einem Vergleiche mit den Zuständen vor dem Eisenbahnkriege geführt fand. Magnet konnte unmöglich von seiner Lieblingsepoche reden hören, ohne sich mit einer Lobrede auf dieselbe am Gespräch zu beteiligen; und Oxygen wurde dadurch unwillkürlich herausgefordert, die Gegenwart der Vergangenheit gegenüber in Schutz zu nehmen.

»Vor allen Dingen können Sie doch nicht leugnen«, sagte er zu Magnet, »dass in allem, was den Komfort des Lebens und das physische Wohlbefinden der Menschheit – ohne Bevorzugung der Einzelnen – anbetrifft, unsere Zeit alle früheren Epochen ungemein überragt. Wie wäre es möglich gewesen, dass alle Schichten der Bevölkerung in gleichem Maße an den Vorteilen der Kultur partizipierten, hätte nicht der Fortschritt der Wissenschaften die Naturkräfte in so reichem Masse dienstbar gemacht und ihnen den Mechanismus der Arbeit so ausschließlich aufgebürdet, dass ein jeder ein menschenwürdiges Dasein zu führen vermag? Wie wäre es möglich gewesen, die blutigen Revolutionen der verschiedenen Stände gegeneinander zu vermeiden, wäre nicht überall die Erkenntnis eingedrungen, dass nur im friedlichen Zusammenwirken aller Berufskreise der Ausgleich jener Unterschiede zu ermöglichen ist, welcher durch die individuelle Verschiedenheit der menschlichen Natur immer aufs Neue gesetzt wird. Nur die Einsicht in den Zusammenhang der geschichtlichen Entwicklung der Gesellschaft und das Ineinandergreifen der Wirkungssphären kann den ungünstiger Situierten veranlassen, sich mit dem zufriedenzugeben, was er seiner Kraft nach zu leisten vermag; und dieselbe Einsicht allein kann den Reichen und Mächtigen zwingen, seine Obermacht nicht zu missbrauchen und aus freien Stücken bei einer gewissen Grenze des Erwerbes sich zu bescheiden, so dass die Vorteile der modernen Industrie und Technik wirklich der Gesamtheit zugute kommen. Und...«

»Erlaube«, unterbrach ihn Magnet, »die Tatsache muss ich zwar anerkennen, dass wir die Klippe der sozialen Frage in ihrer krassen Form nach den großen Kämpfen des zwanzigsten Jahrhunderts glücklich umschifft haben. Deiner Hervorhebung der Ursache, die du in der vernunftgemäßen Überlegung finden willst, kann ich aber in nur sehr geringem Maße zustimmen. All diese Einsicht, alle theoretische Erkenntnis ist machtlos gegenüber der Gewalt des Erhaltungstriebes im Kampfe ums Dasein, gegenüber der aufgestachelten Lust an Besitz und Genuss und der Leidenschaft des Moments. Diese Kräfte konnten nur gebändigt werden durch eine Kraft des Gemütes, welche unsern Willen in gleich mächtiger Weise zu erregen und zu binden vermag. Sie konnten nur überwunden werden durch ein Ideal, wie es in jener herrlichen Zeit aufflammte und mit der Macht einer neuen Religion die Geister umfing, einer Religion, welche alle unhaltbaren und unzeitgemäßen Formen und Dogmen ausschied und jenen unsterblichen Kern des Christentums enthüllte, den ein Kant, ein Schiller vorahnend empfunden. Vielleicht hat die

Überlegung, dass der Einzelne nur im Ganzen zu existieren und zu wirken vermag, dass die heilige Ordnung allein Staaten und Menschen erhalten kann, dass nicht das erreichte Ziel, sondern das Streben und Ringen allein das Glück enthält und dass ein jeder nur sich zufrieden fühlen kann in dem beschränkten Kreise, der die volle Betätigung seiner Energien zulässt und abgrenzt – vielleicht hat diese Überlegung jenes Ideal allmählich erzeugt. Aber sie musste erst in einer Reihe von Generationen durch fortschreitende Vererbung in Fleisch und Blut übergehen, das heißt aus einem Schlusse des Verstandes sich verwandeln in ein Axiom der sittlichen Anschauung; sie musste zu einem Ideale werden, das hoch über allen Wechselfällen der Wirklichkeit als ein unverrückbarer Leitstern jede Entschließung bestimmt, jeden Widerspruch verstummen macht.«

»Und sollte dies alles nicht auch durch einen Fortschritt der Erkenntnis zu erreichen sein? Durch die ausgebildete Fähigkeit, in einem Augenblicksschlusse, ähnlich den Schlüssen des Taktgefühls, die ganze Reihe der Möglichkeiten zu überblicken und daraus diejenige Bestimmung zu treffen, welche dem eigenen Anspruche und dem Recht der Allgemeinheit am besten entspricht? Das aber ist ein intellektueller Fortschritt, und wir befinden uns auf rein wissenschaftlichem Gebiete. Von diesem Fortschritt leite ich den Gesamtfortschritt der Menschheit ab. Wir alle sind einig darin, dass unser Zeitalter sich auszeichnet durch sein geistiges Gleichgewicht, durch seinen Edelmut, seine liberale Gesinnung, welche es unmöglich macht, in die Niederungen hämischen Streites, zur Absicht beleidigender Kränkung, zurückzukehren. *Ich erkläre es geradezu für unmöglich*, dass aus dem Streite entgegengesetzter Meinungen heutzutage ein persönlicher Hass, ja nur eine tatsächliche Anfeindung hervorgehen könne. Und wodurch haben wir das erreicht?«

»Durch die Ododik«, warf Aromasia ein.

»Nein, Liebste, allein durch die Erkenntnis und Beherrschung der Natur. Der Mensch, der sich seiner Stellung zum Ganzen der Welt bewusst ist, begreift auch zugleich das Verhältnis, in welches er sich gerechter Weise zu seinen Mitmenschen stellen muss, um auch ihnen die Freiheit der Bewegung zu garantieren. Er begreift, dass Freiheit nur bestehen kann in vernünftiger Unfreiheit, dass nur die gehorsame Unterwerfung unter das Gesetz frei zu machen vermag.

Diese Einsicht macht uns gerecht, tolerant, neidlos, friedliebend, sie erhebt uns so hoch über jene düsteren Zeiten, in denen schon eine Verschiedenheit der metaphysischen Überzeugung genügte, die wildesten und zerstörendsten Affekte zu entfesseln. Ob man dabei Ododion räuchert oder nicht, das ist vollständig gleichgültig.«

»Oxygen«, sagte Aromasia, »du bist sehr unartig. Ich vermisse wieder einmal den Respekt, den du vor der Kunst haben solltest, welche meine Lebensaufgabe ausmacht.«

»Beste Aromasia, ich hoffe, du wirst deine Lebensaufgabe noch anders auffassen lernen.«

»Niemals, mein Oxygen! Ich kann und darf es nicht dulden, dass du durch deine absprechenden Theorien jedes innige Gefühl mit Füßen trittst. Wenn nicht einmal unsere innere Güte und Liebenswürdigkeit, unsere Vorurteilslosigkeit und Selbstlosigkeit aus der warmen Empfindung unseres Herzens stammen soll, dann musst du auch diese selbst leugnen, und jedes künstlerische Bestreben könnte sich zum Sirius scheren!«

»Ich muss Ihnen beistimmen«, sagte Magnet,

»Das tut mir Leid«, entgegnete Oxygen, »aber ich erhalte meine Geringschätzung eurer schönen Künste aufrecht. Der Schwerpunkt des modernen Lebens kann nur in dem Fortschritt des Erkennens liegen. Und ich behaupte noch mehr. Wir werden durch die Wissenschaft dazu kommen, überhaupt jede Kunst aufzuheben und diese Spielereien überflüssig zu machen.«

»Oh, oh!«

»Ja, gewiss! Ihr wisst, dass wir durch die Natur unseres Erkenntnisvermögens gezwungen sind, alle Veränderungen in der Erscheinungswelt zurückzuführen auf die Bewegung von Atomen. Licht, Wärme, Elektrizität, chemische Verwandtschaft, Gravitation und wie immer die einzelnen Bewegungsarten des Stoffes heißen, sie alle unterscheiden sich nur durch die Größe und Zusammenordnung der schwingenden Atome und durch die Geschwindigkeit und Richtung derselben in ihren Bahnen. Nun kann man die meisten dieser Schwingungsarten in andere überführen, so dass jede Eigenschaft der Körper verändert und diese ineinander umgewandelt werden. Nehmen wir an, wir seien so weit gekommen, dass man jede beliebige Bewegungsform in jede andere überzuführen vermag – haben wir nicht dann das Weltall in unserer Hand? Dann gilt wirklich das Wort des alten Philosophen nicht mehr als ein Widerspruch, dass alles aus allem werden kann. Und was sollte dann die vorgeschrittene Menschheit hindern, jene Umgestaltung der Atom-Bewegungen hervorzurufen, durch welche die Atome ihre gegenseitigem Bewegungen selbst aufheben? Dann wird eine relative Ruhelage derselben entstehen, ein Gleichgewicht der Kräfte – die Körper müssen sich ihrem Wesen nach vernichten und die Welten aus der Existenz verschwinden, ehe der natürliche Verlauf von selbst zur Erstarrung des Alls führt.«

»Aber bester Freund, du weist doch, dass die Atome und ihre Bewegungen eben auch nur unsere Vorstellungen sind, dass die ganze Welt in der Form, wie du sie beschreibst, nur als unsere Erscheinung besteht.«

»Eben darum. Sie erscheint uns nun einmal nur in Form bewegter Atome – was sie an sich ist, bleibt gleichgültig; heben wir diese Bewegung auf, und die Erscheinung wird aufgehoben sein. Wir haben es ja nur mit einer phänomenalen Welt zu tun und kennen keine andere; diese aber muss vernichtet werden. Wenn die Welt für uns nicht mehr existiert, so ist es so gut, als existierte überhaupt nichts.«

»Und was wird aus unserer Empfindung, die doch offenbar als die innere Seite des Seins gar nichts mit der Bewegung zu tun hat?«

»Besteht nicht zwischen beiden ein vollständiger Parallelismus? Entspricht nicht tatsächlich jedem Empfindungsvorgang ein äußerer Bewegungsvorgang, welcher nur das Spiegelbild von jenem inneren ist, erzeugt durch unsere äußere Sinnesauffassung in Raum und Stoff? Hebe die Möglichkeit auf, dass das entsteht, was wir organisierte Wesen mit Zentralorganen des Bewusstseins nennen, und du hast auch das Bewusstsein in seinen höheren Formen aufgehoben. Glaubst du, dass der innere Bewusstseinsinhalt einer Welt, welche einem äußeren Zuschauer, wie uns, nur als eine unzählbare Summe geradlinig nebeneinander durch den Raum ziehender Atome erscheinen würde, dass dieser Bewusstseinsinhalt noch eine Welt genannt werden kann? In diese Form ohne wechselnden Inhalt muss die Welt umsetzbar sein!«

»Und wenn du selbst mit dieser Theorie einer möglichen Selbst-vernichtung der Welt Recht hättest, die doch übrigens nur in einer unabsehbaren Zukunft zu realisieren wäre, wenn wir den leicht zu erhebenden Einwand ganz außer Acht lassen wollten, dass ja doch unser menschliches Bewusstsein nicht das Einzige seiner Art in der Welt sein dürfte und dass immer und immer Formen des Seins existieren werden – wie gesagt, abgesehen von all diesem, so bist du doch immer noch die Begründung deiner Geringschätzung unserer Kunst uns schuldig geblieben. Sind wir es denn nicht, die in diesem unentfliehbaren Mechanismus uns den Rest von Freiheit bewahren, der allein das Leben erträglich macht? Sind wir es nicht, die der Menschheit die Rettung aus der niederdrückenden Schwere der Wirklichkeit in das heitere Reich des Ideals allein ermöglichen, in-dem wir alle edleren und zarteren Regungen des Gemütes leiten und beherrschen? Nur durch die Kunst ist es möglich, Stimmung zu erzeugen, das heißt einen Gesamtzustand unseres Seelenlebens hervorzurufen, in welchem wir in dem Lustgefühl des in sich abge-schlossenen Empfindens gewissermaßen erfahren, was es heißt zu *sein*.«

»Diese Rolle eben, welche die Künstler jetzt spielen, werden künf-tighin die Physiologen übernehmen. Wenn ihr mit euren Kunstwer-ken die Menschen in eine Stimmung versetzen wollt, kommt ihr mir vor wie ein Arzt, der die Aufgabe hat, einen Patienten von einer unverdaulichen Speise zu befreien, und ihn zu diesem Zwecke eine Seereise unternehmen lässt, damit er die Seekrankheit bekomme. Wie würde dir ein solcher Arzt gefallen? Du würdest sagen, warum gibt der Mann nicht lieber ein direktes Brechmittel? Ihr Künstler seid in derselben Lage, nur kennt ihr eben das einfache, von innen wirkende Mittel nicht. Wir werden es auffinden, das heißt, wir werden zeigen, wie man das Gehirn unmittelbar in jenen Zustand versetzen kann, den ihr nach großer Mühe vermittels der Sinne durch eure Kunstwerke hervorzurufen versucht. Und darum brau-chen wir weder dein Grunzulett noch deine Riechstückchen.«

»Dann muss ich dir freilich überflüssig vorkommen«, erwiderte Aromasia gereizt. »Du redest, als wärest du ein Zauberer, der ohne weiteres geschehen lässt, was er will. Es soll mich nicht wundern, wenn du nächstens behauptest, man werde noch lernen, sich un-sichtbar zu machen!«

»Und das behaupte ich auch.«

»Ich verstehe dich nicht mehr.«

Oxygen zuckte die Achseln. Dann sagte er: »Von meiner Überzeugung kann ich nicht abgehen; und so gut ich an die dereinstige Selbstvernichtung der Welt und an die Zukunftslosigkeit der Ododik glaube, ebenso gut glaube ich, dass die Zukunft die Kunst des Unsichtbarwerdens erfinden wird.«

»So wünschte ich, wir lebten in dieser Zukunft; dann würde ich mich sofort unsichtbar machen, wenn du so abscheulich sprichst.«

»Aromasia, jetzt verstehe ich dich nicht mehr. Ich hoffe, du scherzest nur.«

»Es scheint, dass wir uns nie verstehen werden. Solche Behauptungen kann ich nicht ertragen. Sie widersprechen meinem innersten Wesen.«

»Ich begreife dich auch nicht mehr«, fiel Magnet ein. »Wie kannst du im Ernste solche Ansichten aussprechen? Jede bürgerliche Existenz müsste dann aufhören, seiner Person, seines Eigentums wäre niemand sicher. Ich sehe in eine Sittenverderbnis ohnegleichen! Wenn ihr ›Nüchternen‹ doch nicht in so törichter Weise glaubtet, das Geheimnis des Seins von seinem Schleier befreien zu können. Sich unsichtbar machen! Merkt ihr denn nicht, dass ihr dem Reiche der Märchen und Hexereien zusteuert? Dass ihr in selbstverschuldetem Kreise dazu gelangt, eure eigenen Behauptungen von der Gesetzmäßigkeit der Natur aufzuheben? Ihr vernichtet euch selbst, ihr Kurzsichtigen!«

»Wo ist nun die Kurzsichtigkeit«, rief Oxygen in heftigem Tone, »bei euch, die ihr glaubt, mit Ododion-Gestänker die Welt glücklich zu machen, oder bei uns, die wir bewusst sie der Menschheit zu Füßen legen? Allerdings muss es unser letzter Zweck sein, die Natur aufzuheben, die Atome in ihre relative Ruhelage zu bringen und zum ursprünglichen Nichts, zum *Nullpunkt des Seins*, zurückzukehren.«

»Das ist eine Rohheit der Gesinnung«, fuhr Magnet auf, »mit der du Aromasia, mit der du mich beleidigst! Seit wann ist es Sitte, so rücksichtslos sich zu äußern?«

»Und mit welchem Rechte stellst du mich zur Rede?«, fragte Oxygen aufstehend.

»Ich erteile ihm dies Recht«, rief Aromasia. »Denn gegen dich bedarf ich des Schutzes. – Unerhört sind solche Auftritte nach unseren Schicklichkeitsbegriffen. Ich gehe. Begleiten Sie mich, Magnet.«

Die Gesellschaft trennte sich.

Aromasia und Magnet warfen sich in eine Luftdroschke und flogen nach Aromasias Wohnung.

»Es ist schändlich!«, sagte Magnet. »Oxygen, der ›Nüchterne‹, der große Mann des vierundzwanzigsten Jahrhunderts, der eben das Wort gesprochen: Ich erkläre einen persönlichen Streit aus theoretischer Meinungsverschiedenheit für unmöglich! Wo ist hier jene selige Ruhe des Gemüt, die aus der Erkenntnis fliegen soll? Gehässige Angriffe gegen das, was das Heiligste für unsere Empfindung ist, Verletzung unserer innersten Interessen, das nennt er Objektivität der Betrachtung! Weinen Sie nicht, Aromasia! Er ist der Absonderung Ihrer Tränendrüsen nicht wert, welche die Kapillaranziehung Ihrer Augenwimpern nur mühsam gegenüber der Schwerkraft der Erde zurückhält! Weinen Sie nicht – setzen Sie sich ans Ododion, hier spielen Sie!«

Aromasia sprang auf.

»Nein«, rief sie mit blitzenden Augen, »er ist der Trauer nicht wert! Oh, ich wusste es – ein Nüchterner! Ich wusste es! Aber – Rache!«

»Bleiben Sie ruhig, Aromasia, ich werde Sie rächen! Sie und mich! Ich werde uns rächen, wie es die Gesetze der Ehre erfordern, aber schärfer, als er es erwarten wird. Räuchern Sie, fantasieren Sie – ich sammle dabei meine Gedanken. Oxygen weiß sehr wohl, dass wir an die öffentliche Meinung appellieren müssen und werden; aber wie, wie wir ihn zerschmettern – das kann er nicht ahnen. Schon dämmert mir's! Aromasia – Sie spielen bezaubernd!«

Aromasia saß am Ododion und fantasierte. Groll, Hass, Verzweiflung sprachen aus den betäubenden, nasezermalmenden Düften und rissen den Zuriechenden unwiderstehlich hin, bis sich alles im tiefen Schmerz der enttäuschten Liebe auflöste.

Magnet aber ruhte im Hängestuhl und sann auf das anklagende Rachegedicht gegen Oxygen. Auf dem Nullpunkt des Seins wollte er ihn darstellen, wie er ganz allein existierend ohne Raum und Zeit unsichtbar auf den gleichfalls unsichtbaren Leichnamen der Kunst und Sitte Hullu-Kullu tanzte! Das war der neueste Modetanz, dessen Pointe im Zusammenrennen der Köpfe bestand. Eilig schrieb er über den Zeilen des Gedichts. Schon in der nächsten Stunde sollte es auf allen öffentlichen Zeitungstafeln an den Ecken durch telegrafischen Selbstdruck erscheinen. Es musste eine niederschmetternde Wirkung üben und den Angegriffenen in Gesellschaft und Welt vernichten. Heute Abend, wenn Aromasia im Odoratorium spielte, musste sich die Wirkung zeigen. Triumphierend las Magnet sein Produkt Aromasia vor, welche es ododramatisch begleitete.

Widerstrebende Empfindungen kämpften in Aromasias Herzen; zu ihren Füßen saß Magnet, zufrieden und glücklich im Gefühl der befriedigten Rache und der innigsten Anbetung der Künstlerin, welche aus Essigäther und Zwiblozin die herrlichsten Gase mischte und den Augen heiße Tränen entlockte. Draußen aber, an den Türritzen, an den Fensterspalten, an den Öffnungen des Rauchfangs, drängte sich die duftsaugende Menge, die bezaubernden Fantasien der großen Ododistin zu erhaschen.

III. Die Rache im Odoratorium

Das Odoratorium, die Stätte für öffentliche Geruchs-Aufführungen, war zu Konzertsaal und Theater als ein unentbehrlicher Erholungsort getreten. Es war das berühmteste und besuchteste Odoratorium der Stadt, für welches Aromasia dauernd engagiert war. An einem Tage wie dem heutigen, an welchem man Aromasias Auftreten angekündigt hatte, wurde die Kasse schon am Morgen von dichten Mengen Riechbegieriger belagert, zumal es in der Natur der Ododik lag, dass die Odoratorien nur für eine verhältnismäßig geringe Zahl von Zuriechern gebaut werden konnten. So hatte die Aufsichtsbehörde genug zu tun, um die allzu kunsteifrigen Luftvelozipedisten zurückzuhalten, welche durchaus über die Köpfe der Harrenden hinweg in das Ausgabefenster dringen wollten.

Eine Stunde vor Beginn des odoratorischen Konzerts – wie diese Verbindungen von Ododionspiel und Musik hießen – waren Eintrittskarten bereits nicht mehr zu erhalten. Aber heute trat zu dem zu erwartenden Kunstgenuss auch noch ein anderes Motiv, welches das Publikum auf den Abend begierig machte, nämlich die Aussicht auf irgendein Besonderes, Ungewöhnliches, einen Streit, einen kleinen Skandal – man vermutete Verschiedenes. Denn wie geschäftig und ruhelos die Zeit auch war, immer hatte sie doch Muße genug, den Privatangelegenheiten der Persönlichkeit von öffentlicher Wirksamkeit ihre Aufmerksamkeit zu schenken, und viele fanden ein Vergnügen daran, dem Spiele hinter den Kulissen mindestens beizuwohnen, wenn sie nicht selbst daran mitwirken konnten.

Ein wundersames Gemisch von doktrinärem Ernst und naiver Rücksichtslosigkeit steckte in diesem Zeitalter, wie es uns nicht recht begreiflich erscheint. Aber die letztere erklärt sich daraus, dass die Potenzierung der Kultur in einer gewissen Beziehung die Gesellschaft der natürlichen Unabhängigkeit der Individuen wieder genähert hatte. Und so müssen wir dieser Geschichte manche Wunderlichkeit nachsehen.

Es war nichts Ungewöhnliches, dass man zwischen den geschäftlichen Nachrichten und den Anzeigen der Vergnügungen auf den öffentlichen Tafeln Angriffe und Rechtfertigungen von Privatpersonen gemischt fand. Hatte doch schon das Neumittelalter, ob es gleich auf die Macht der Dampfpresse in den Zeitungen allein angewiesen war, diesen Weg eingeschlagen, die öffentliche Meinung zum Schiedsrichter in Privatstreitigkeiten zu machen, ja selbst für lange gereimte Nachrufe Teilnahme von ihr verlangt. Freilich galt diese Art der Öffentlichkeit damals nicht gerade für ein Zeichen von feinerem Takt oder geläutertem Geschmack. Aber man würde auch sehr irren, wenn man bei der »öffentlichen Meinung« der Zeit Aromasias an jenes vielköpfige Ungeheuer von damals denken wollte, in welchem gerade die borniertesten Häupter am lautesten schrien und vor dem Lärm der unverständigen Menge die Stimme des Einsichtigen nicht zur Geltung kam. Da die Hilfsmittel der geistigen Mitteilung durch die Elektrotypie jegliches Erkennen so sehr erleichterten und der Bildungsgrad der Masse ein höherer geworden war, so konnte auch das Urteil des Einzelnen als ein gereifteres, seine Einsicht in den Zusammenhang der Ereignisse als eine tiefere gelten. Jegliche Nachricht ward im Nu verbreitet, jegliche Erfahrung zum Allgemeingut gemacht. Zu diesen äußerlichen Hilfsmitteln aber trat ein inneres, im Geiste dieser bevorzugten Zeit liegendes Moment. Es war ein Ideal, das die Menschheit beherrschte und für welches es gegenwärtig keinen rechten Namen gibt. Ein mächtiges, tief eingewurzeltes Pflichtgefühl, ein allgemein verbreiteter, eigentümlicher Ehrbegriff wirkten zusammen, um das Bewusstsein von dem Werte der Menschheit und der gegenseitigem Unentbehrlichkeit ihrer Glieder aus einer schönen Phrase zu einer unabweichlichen Richtschnur des Handelns zu machen.

So konnte auch die Meinung der Gesamtheit geklärt und dem Irrtum minder unterworfen sein, so konnte es geschehen, dass sie in der Tat zu einer Macht emporgestiegen war, der niemand sich zu entziehen vermochte. Die Zahl der Verbrechen und Vergehen hatte ungemein abgenommen; gab es doch kaum noch Mittel, sie zu verheimlichen. Würde es immer so bleiben? Gewiss nicht. Gegenwärtig aber war die menschliche Gesellschaft auf einem glücklichen Höhepunkte ihrer Entwicklung angelangt. Wenn noch mitunter Verstöße gegen die Gesetze vorkamen, so genügte es meistens, dass die öffentliche Meinung den Schuldigen verurteilte, und er war sicherer unschädlich gemacht, ja vielleicht strenger bestraft, als wenn ihn das Gefängnis eingeschlossen hätte. Die öffentliche Meinung war nicht mehr ein blindes Urteil der Menge, sie war der konzentrierte

Ausdruck einer Überzeugung der Menschen nach bester und aufrichtigster Einsicht.

Wie tief beleidigt musste Aromasia sein, dass sie Magnet gestattete, Oxygen der öffentlichen Meinung preiszugeben! Ja, ihr Name stand ebenfalls unter dem Gedichte des Angreifers. Anonymität kannte man nicht, sie wurde auch von der öffentlichen Meinung nicht anerkannt; und jene uns geläufige Scheu vor der Öffentlichkeit gab es im vierundzwanzigsten Jahrhundert überhaupt nicht.

Die Appellationen an die öffentliche Meinung, welche, wie gesagt, etwas Alltägliches waren, machten im Allgemeinen kein Aufsehen; denn es waren immer nur kleinere und zunächst interessierte Kreise, welche über gewöhnliche Angriffe und Anklagen ihr Urteil sprachen und durch ihr moralisches Gewicht entschieden. Heute aber hatten die Chiffren des Elektrotyps, als sie auf den großen Tafeln sich abdruckten, eine außerordentliche Bewegung hervorgerufen. Denn erstens war der Angriff selbst ebenso gewandt und trefflich abgefasst als beißend und vernichtend; zweitens war er von dem bekannten Dichter Magnet Reimert-Oberton und der beliebten Ododistin Aromasia Duftemann-Ozodes unterzeichnet; drittens war er gegen einen verdienten und weit über die Grenzen seines Wohnortes hinaus allgemein geachteten Bürger, den Wetterfabrikanten Oxygen Warm-Blasius gerichtet, und viertens war dieser, wie jedermann wusste, der verlobte Bräutigam der Künstlerin. Dazu kam noch, dass man aus der äußeren Form erkannte, wie ernsthaft der Angriff gemeint sei. Denn während sonst die längste Zeitdauer, während welcher man eine solche Ankündigung an den öffentlichen Tafeln stehen ließ, fünfzig Minuten betrug, waren bereits zwei Stunden verflossen, seitdem Aromasias und Magnets Gedicht an den Ecken glänzte. Da lag ein Ereignis zu Grunde, über dessen Motive man nicht so rasch wie gewöhnlich klar wurde, und undeutliche Gerüchte aus dem Pyramidenhotel vermehrten noch die Unsicherheit. Erst musste Oxygen replizieren, ehe man über die Sachlage urteilen durfte.

Mit Spannung erwartete man, was Oxygen auf diesen Angriff beginnen werde. Einige meinten, dass sich nach einer Aufklärung des Sachverhaltes und einer öffentlichen Rechtfertigung die allgemeine Ansicht zu Oxygens Gunsten neigen würde; auch eine so beliebte

Persönlichkeit wie Aromasia dürfe nicht geschont werden, wenn der Angriff sich als ungerecht herausstellen sollte.

Andere jedoch, welche Oxygens Stolz, seine Hartnäckigkeit und leichte Reizbarkeit kannten, vermuteten, dass dieser ungewöhnliche Mann, welcher der Natur so viel abzutrotzen wusste, hier der gesellschaftlichen Gewohnheit sich nicht fügen, sondern eine Rache auf eigene Faust versuchen würde.

Als Oxygen den gegen ihn gerichteten Angriff las, wurde er tief bestürzt. Dass ein rein theoretischer Streit, wie der stattgehabte nach seiner Ansicht war, eine so tiefe Gemütsbewegung hervorrufen könne, hatte er nicht geglaubt. Bis jetzt hatte er dem Zwischenfall überhaupt keine größere Bedeutung beigemessen. Aromasias Zürnen hielt er für eine plötzliche Aufwallung, die ebenso leicht vorübergehen würde, wie sie entstanden war. Heute Abend wollte er ihr versöhnend entgegentreten, und sie würde die angebotene Hand gewiss nicht ausschlagen.

Aber nun war es anders gekommen! Auf diese Beleidigung, die ihm jetzt zugefügt war, konnte er nicht den ersten Schritt tun. Oder doch? War nicht Aromasia nur irregeführt, hatte er sie nicht gereizt? Und dieser Magnet? Sollte er ein Schurke, ein Verräter sein? Hatte er in Aromasia den Funken des Hasses geschürt und in frevelhafter Selbstsucht sie zum Bruche der Treue verleitet? Sicherlich – ihm mußte Rache und Strafe gelten!

Ja, Aromasia war gewiss unschuldig. Nur in einer unstatthaften Erregung des Augenblicks konnte sie das verhängnisvolle Pamphlet unterschrieben haben. Und worin lag der Grund, der dieses reich begabte Weib zu solcher Verblendung hinreißen konnte? Oxygen war keinen Augenblick im Zweifel, dass er die Ursache einzig der unüberwindlichen Neigung seiner Braut zur Ododik zuschreiben müsse. Die unglückselige Geruchskunst war es, welche sie von ihm trennte, welche immer wieder aufs Neue den Streit ihrer entgegengesetzten Anschauungen heraufbeschwören musste. Konnte er denn dieser Leidenschaft Aromasias nicht entgegenarbeiten? Gab es kein Mittel, das ihr die Ododik gründlich verleiden könnte?

Wenn es gelänge! Wenn Aromasia die Möglichkeit genommen würde, ihre Kunst auszuüben und damit vielleicht zugleich ihre Liebe zu derselben verloren ginge? Sie würde gewiss im Anfang sehr unglücklich sein, aber sie würde sich trösten. Seine Liebe sollte ihr das geraubte Geruchsklavier ersetzen, und in dauernder Freude würde sie den einmaligen Schmerz vergessen. Und eine Strafe hatte sie verdient.

Doch vor allem galt es, Magnet zur Rechenschaft zu ziehen!

Aber wie sollte Oxygen dies alles anfangen! Zunächst war er der Angeklagte, er hatte sich vor der öffentlichen Meinung zu verteidigen. Oxygens Empfinden war zu eng mit dem seiner Zeit verwachsen, als dass er nicht zunächst an dies höchste Gericht hätte denken müssen. Es wurde ihm nicht leicht, von den Gedanken sich zu trennen, dass eine Auflehnung gegen diese Verkörperung des Zeitgeistes ein Vergehen sei, dass eine Abweichung von der allgemeinen Sitte seine eigene Verurteilung herbeiführen müsse. Und doch musste er sich sagen, dass der Ausspruch der öffentlichen Meinung, so vernichtend er für den Betroffenen war, in diesem besonderen Fall ihm nicht genügen konnte.

Was hatte die öffentliche Meinung an Aromasia oder gar an Magnet zu verdammen? Doch nur ihren ungerechten Angriff und die persönliche Beleidigung gegen Oxygen. Aber der Begriff einer solchen rein äußerlichen Verletzung des Selbstgefühls wurde nicht zu hoch angeschlagen. Aromasia wäre vielleicht genötigt worden, auf einige Wochen sich zurückzuziehen, die Stadt zu meiden – wenn sie zurückkehrte, so konnte sie gewiss sein, dass der Auftritt vergessen und gesühnt sei, dass sie mit dem früheren Jubel wieder aufgenommen und in alter Weise verehrt werde. Und Magnet – er hatte noch den Milderungsgrund, dass er der beleidigten Aromasia sich nur angenommen, dass er nur um ihretwillen in den Streit sich gemischt habe.

Aber dass Oxygen Aromasia liebte, dass er in dieser Liebe gekränkt und seine schönste Hoffnung ihm vernichtet war, die Hoffnung und das Vertrauen auf die milde, verzeihende Gemütsart seiner Braut, dass Magnet sicherlich die Schuld trug an diesem Wechsel ihrer Gesinnung, dass dieser Mensch Aussicht hatte, ihm von der Geliebten vorgezogen zu werden – das waren Anklagegründe, welche die öffentliche Meinung bei ihrem Urteil nicht in Betracht ziehen konnte, nicht einmal sollte.

Dazu aber kam, was sich Oxygen selbst nicht recht eingestehen wollte, als ein wichtiges Motiv seines Rachegefühls die Verstimmung über die Enttäuschung, welche seine heiligste, wissenschaftliche Überzeugung erlitten hatte. Auf die Leidenschaftslosigkeit der Menschen hatte er gebaut, und hier hatte er sein Spiel völlig verloren. Das erregte seinen Ingrimm. »Nein«, dachte er, »jenes Gericht der öffentlichen Meinung ist gut und weise – unter den vorliegenden Verhältnissen jedoch vermag es mich nicht zu befriedigen. Es gibt kein Gesetz, das in meinem Falle maßgebend und versöhnend sein könnte. Wie glücklich wart ihr doch, Männer vergangener Jahrhunderte! Wenn euch eine Beleidigung zustieß, welche durch das Prozessverfahren der Gerichte für euer Gefühl nicht gesühnt werden konnte, so stand euch ein ausreichender Weg immer noch offen. Mit eurem eigenen Leben fordertet ihr das des Gegners heraus. Wenn die Gerechtigkeit für euch die Waage nicht ins Gleichgewicht zu bringen vermochte, so bot euch der Zweikampf das letzte Mittel, eure eigene Persönlichkeit in die Schale zu werfen, und ihr waret gerächt oder vernichtet. Ich wünschte, ich wäre an eurer Stelle! Heute? Wenn ich an jenen Gebrauch dächte, ich wurde ein Gegenstand des Gelächters oder der Verachtung, wenn man nicht vorzöge, mich nach Sokotra, der großen Irren-Insel, zu bringen.

Was also bleibt mir übrig als die Rache, welche ich mir selbst nehme. Gut, du hast den Zweikampf mit den Waffen des Geistes begonnen, ich werde mit den Waffen des Geistes ihn fortsetzen! Aber erlaube, dass ich diejenigen wähle, welche mir so geläufig sind wie dir die deinen, Reimert-Oberton. Du hast deine Reimkunst ins Gefecht geführt – heraus denn, meine zaubermächtige Dienerin, Chemie!

Es wird gelingen! Ich kenne seinen Platz genau – er ist dicht hinter der Rückwand des großen Ododion –, hier muss der volle Strom ihn treffen«, er murmelte eine chemische Formel, »das genügt! Und Aromasia wird die Lust verlieren, ihre Geruchskünste weiter fortzusetzen. So muss es gehen! Das Publikum freilich – aber was kümmert mich das?«

Oxygen eilte in das Privat-Laboratorium seiner Fabrik.

»Sind die Ododion-Einsätze für Fräulein Duftemann schon abgeholt?«, fragte er.

»Nein«, war die Antwort.

»Es ist gut«, sagte er. »Fräulein Duftemann wünscht eine schärfere Stimmung. – Sie können gehen, Äthyl, ich brauche keine Hilfe, ich werde die Änderung selbst vornehmen.«

Oxygen war allein und arbeitete mit Eifer an dem Inhalt der Füllbüchsen. Von Zeit zu Zeit trat er in ein sonst von ihm sorgfältig verschlossen gehaltenes Nebenkabinett, wo außer einigen kostbaren und gefährlichen Präparaten ein eigentümlicher, geheimnisvoller Apparat sich befand. Auch mit diesem machte er sich zu schaffen.

»Für alle Fälle!«, murmelte er bei sich.

Eine durchsichtige Hohlkugel in der Hand begab er sich an eines der nach Osten gerichteten Fenster. Vorsichtig legte er sie auf die äußere Brüstung und leitete einen Gasstrom aus einem bereitgehaltenen Gasometer darauf. Fünf Sekunden vergingen, die Kugel geriet in ein schwaches, phosphoreszierendes Leuchten – dann flog sie plötzlich mit großer Geschwindigkeit geradlinig nach Osten, sie verschwand im Nu vom Fenster, ohne dass man irgend wahrgenommen hätte, wie die Bewegung ihr mitgeteilt worden sei.

Oxygen nickte zufrieden. »Die alte Erde dreht sich noch«, sagte er lächelnd. Dann wandte er sich wieder zu den Füllflaschen.

Die Nachbarschaft der Fabrik beklagte sich heute über die abscheulichen Gerüche, welche den Aufenthalt in der Nähe unerträglich machten.

Es war Abend geworden, die Laternen an all den leichten Räderwerken, welche die Luft durchschwirrten, waren entzündet, und wie ein Meer von Funken wogte und flimmerte es über der Stadt. Abendliche Spazierfahrer stiegen bis zur Grenze des Erdschattens empor, das Schauspiel der Abendröte noch einmal zu genießen oder der Sonne noch länger ins glühende Antlitz zu schauen.

In der Stadt aber flammte es plötzlich auf wie Tageslicht. Die großen Erhellungspunkte, von welchen ein auf neu entdeckte Weise hergestelltes Licht ausging, waren in Tätigkeit versetzt worden und warfen ihre Strahlen über die Straßen, dass durch die Fenster hindurch selbst das Innere der Gebäude genügend erhellt wurde. Das Odoratorium hatte sich gefüllt. Kein Platz war leer geblieben.

Die Aktien-Gesellschaft für Temperatur-Regulierung, welche nicht nur die Erwärmung der öffentlichen und privaten Gebäude im Winter, sondern auch die Kühlung im Sommer mit Hilfe eines ausgedehnten Röhrennetzes besorgte, hatte trotz des überfüllten Raumes einen angenehmen Wärmezustand hergestellt. Über dem Ododion glänzte unter dem unaufhörlichen Zutritt eines Stromes Sauerstoff ein helles Licht, das zugleich eine außerordentliche Milde besaß und vor einigen Jahren von Oxygen selbst erfunden worden war. Die Dampforgel war geheizt, der Motor stand bereit, welcher die Bälge der Riesentrompete in Bewegung versetzen sollte, das Orchester stimmte die übrigen Instrumente, die Geruchskästen waren in das Ododion eingeschoben.

Indessen plauderte das Publikum über den chinesischen Krieg, welcher vor anderthalb Stunden wirklich ausgebrochen war, über Luftwettfahrten, über die neueste Mode, eine lebende Seerose in einer mit Meerwasser gefüllten Glaskugel auf dem Kopfe zu tragen, und über das Reimertsche Gedicht, dessen Verfasser mit selbstzufriedener Miene in der ersten Reihe des Saales, dicht hinter dem Ododion, saß.

»Ein Juckeplätzchen gefällig?«, fragte Herr Jota-Spinnfaden, Fabrikant von Griffbeschlägen für Reinigungspinsel linker Handschuhfingerspitzen, indem er seiner Nachbarin eine zierliche Dose präsentierte.

»Ich bin so frei«, erwiderte dieselbe, nahm eine der kleinen schwarzen Linsen zwischen Daumen und Zeigefinger und klebte dieselbe an ihr Kinn.

»Ach, die neuste Mode«, sagte der Herr. »Ich bin noch einer von den Alten, die ihr Plätzchen zwischen den Augenbrauen tragen.«

»Man sagt aber, dass das Jucketin dort den Augen schädlich werde.«

»Das glaube ich nicht – ich jucke überhaupt nicht stark, und diese Plätzchen verflüchtigen sich sehr schnell, schmecken aber sehr gut und erheitern außerordentlich durch ihren angenehmen Reiz.«

»Und wenigstens genieren sie den Nachbar nicht. Wissen Sie, auf dem Wolkenplatz lässt sich ein Südpolarmensch sehen, der raucht!«

»Raucht, wieso?«

»Ja, wie früher in den alten Zeiten, ein Kraut, das sie anzündeten und dann den Rauch verschlangen.«

»Ja, ja, ich erinnere mich, gelesen zu haben – jedoch, ich denke, sie bliesen ihn in das Bier und tranken ihn dann?«

»Möglich ist es wohl. Man soll ja ähnliche Sitten noch in den Schneegebirgen von Innen-Afrika finden. Doch den Mann müssen Sie sich einmal ansehen.«

»Meiner Ansicht nach«, hörte man auf der Bank dahinter sprechen, »ist es unmöglich, dass China siegt; denn den amerikanischen Luftspritzen kann nichts widerstehen. Bei den Proben im vorigen Jahre haben sie auf eine Entfernung von zweihundert Kilometern, wobei also die Bahn des Luftstroms schon sehr gekrümmt ist, von Chicago aus das große Luftobservatorium über dem Lake Michigan in der Nähe von Sheboygan vollständig umgeblasen und in den See geschmettert.«

»Wissen Sie, das ist erstaunlich, das ist wunderbar, das kann ich nicht glauben!«

»Bitte – da, was ist das?«

Aller Augen wandten sich der Tafel der Publikationen zu, welche auch im Odoratorium nicht fehlte. An der Stelle, wo vor wenigen Stunden Magnets verhängnisvolles Poem gestanden, erschien jetzt in großen Lettern die Depesche:

»Vom Kriegsschauplatze. Stilles Weltmeer. Die chinesische Luftflotte näherte sich der Küste von Kalifornien. Unsere Strand-Luftbatterien auf der ganzen Strecke zwischen Bondega und Humboldt-Bai kamen gleichzeitig zur Wirkung. Erfolg enorm. Gesamte Flotte in einer Entfernung von 200 bis 250 Kilometern angegriffen, vollständig zerstreut, größtenteils ins Meer geworfen. Der Rest floh bis Taiwan (Insel Formosa).

St. Francisco, 2371. 192^d 16^h 63,71^m

Claps-Shrum, Kriegsminister«

Man gratulierte sich und begann ziemlich lebhaft zu werden. In diesem Augenblick trat Aromasia ein. Allein. Oxygen führte sie nicht wie gewöhnlich, sein Platz blieb leer. Das machte Aufsehen. Das Publikum wurde still. Die Herren spannten ihre Lichtschirme auf und klappten sie wieder zu; das war das Zeichen höchsten Applauses.

Aromasia grüßte mit einer Bewegung beider Hände und trat an das Ododion.

Das Konzert begann.

Die Dampforgel spielte einen Teil aus einer alten Oper, welche im neunzehnten Jahrhundert viel Aufsehen gemacht hatte. Die Klangfarbe der Dampforgel eignete sich dazu vorzüglich, und das Stück fand Beifall, obgleich der neumittelalterliche Text mit seinen Naturlauten viel Heiterkeit erregte.

Nun folgte eine Ododionpiece mit Musikbegleitung. Alle sperrten im wahren Sinne des Wortes, und mit Recht, Nase und Ohren auf. Aromasia berührte die Tasten.

Anfänglich herrschte die Musik vor, und Aromasia brauchte nur einen Geruch anzuschlagen, dann den zweiten und sie auszuhalten. Aber schon beim ersten verzog sich ihr schönes Gesicht – sie musste niesen.

Und so ging es dem ganzen Auditorium. Ein wahrer Nieskrampf brach aus, so scharf war der Geruch, welcher sich durch den Saal verbreitete. Da trat mit der zweiten Taste ein mephitischer Missduft zu dem ersten – vergeblich fuhren die baumwollenen Luftsiebe des Publikums an die Nasen. Aromasia wurde verwirrt und bleich. Magnet war schon bei dem ersten scharfen Geruch aufgesprungen und in ihre Nähe geeilt, wo er auf dem leeren Platze Oxygens sich niederließ. Jetzt wollte er sie fortführen. Aber noch einmal versuchte die erschreckte Künstlerin das Ododion. Eine Geruchsleiter perlte unter ihren Fingern und schloss mit einem starken Vielgeruch – da war es, als wenn alle bösen Geister aus dem Reiche der Gase losgelassen seien. Keine menschliche Nase konnte diesen Gestank ertragen!

Das Publikum schrie, wütete und drängte zum Ausgang. Die Musiker warfen ihre Instrumente fort und verschwanden durch ihre Privattür. Magnet versuchte die ohnmächtige Aromasia emporzuheben. Da ließ ein wohlmeinender Techniker den Dampf der Dampforgel ausströmen, um der verunreinigten Luft entgegenzuwirken. Aber seine gute Absicht schlug fehl. Es gab ein Getöse, Gezisch und Gepfeife, welches die Verwirrung noch grausiger machte. Das Publikum glaubte, die höchste Gefahr sei nahe gerückt, und in der Besorgnis um das eigene Leben kannte man keine Rücksicht. Nur einen Augenblick richtete sich Magnet empor, um von den Gasen und Dämpfen nicht selbst betäubt zu werden. Aber schon hatte ihn der hinausdrängende Menschenstrom erfasst und ließ ihn nicht aus seiner Flut. Rasch sah er sich zum Ausgange gestoßen. Da, plötzlich ein erschütternder Knall – ein Teil der entfesselten Gase hatte sich untereinander und mit der Sauerstoffmenge des Beleuchtungsapparates so unglücklich gemischt, dass eine starke Explosion erfolgte. Das Gebäude wankte, die Decke schien sich heben zu wollen, doch zum Glück hielt sie stand. Die Menschen waren allmählich durch die Ausgänge entkommen und bis auf wenige gerettet. Aber im Innern wütete ein furchtbarer Brand und lohte zu den Fenstern hinaus.

Im Augenblicke war jetzt durch die Hilfe von außen das erschreckte Publikum aus der unmittelbaren Nähe des brennenden Gebäudes gebracht. Schon war die Brandabteilung der Behörde für öffentliche Sicherheit zur Stelle, und ihre Exstinktspritzen, welche von dem getroffenen Gegenstande jeden Sauerstoff absperrten, hatten im Nu die Flammen bewältigt. Nun aber, nachdem der erste Schrecken vorüber war, ging die bange Frage durch die Menge: Wo ist Aromasia?

Man rief, man suchte. Niemand hatte sie gesehen, sie musste noch im Gebäude sein.

»Sie ist verbrannt«, schrie Magnet mit der Stimme des Verzweifelnden. »Sie muss verbrannt sein – es war unmöglich, die Ohnmächtige zu retten. Doch vielleicht ist noch Hoffnung – hinein ins Odoratorium!«

Die Rettungsmänner versuchten in ihren feuersicheren Anzügen das glühend heiße Gebäude zu betreten. Ihnen zuvor kam ein Fremder; der Mann, der in seinem gegen jede Wärme undurchdringlichen Feuerwams nicht zu erkennen war, brach sich Bahn in den mit Trümmern gefüllten Saal. Aber während noch die Rettungsleute im Saale aufräumten, erschien er schon wieder oben auf der äußeren Galerie, welche das ganze Odoratorium-Gebäude nach der Stadt zu umgab. Auf der östlichen Seite bemerkte man einen Luftmotor, den einige für den des Warm-Blasius hielten. Neben demselben schien noch ein kugelförmiger Apparat sich zu befinden, doch konnte man denselben nur undeutlich erkennen, er schien von einer durchsichtigen Materie zu sein. Jetzt beschäftigte sich der Unbekannte mit demselben – er stieg hinein, er öffnete einen Hahn. Gespannt schaute man auf sein Beginnen. Da richtete der Fremde sich auf und rief mit lauter, durchdringender Stimme hinunter zu der Menge:

»Vernehmt die Trauerkunde! Aromasia ist verbrannt. Suchet nicht nach ihrem Mörder – nicht die Erde, nicht die Sonnen haben noch Gewalt über ihn.«

Der so gerufen hatte, bückte sich und drehte eine Handhabe. Eine Kugel schloss sich um ihn, sie begann zu leuchten – in demselben Augenblick aber flog auch die Kugel, ohne einen sichtbaren Anstoß erhalten zu haben, mit rapider Geschwindigkeit von der Galerie des Odoratoriums in die Nacht hinaus.

IV. Ins All verbannt

Oxygen hatte, am Fenster des Odoratoriums mit seinem Luftmotor haltend, die Katastrophe beobachtet, deren schrecklichen Ausgang er nicht gewollt hatte. Magnet sollte durch einen wohlberechneten Gasstrom bläulich angehaucht werden, eine Farbe, die er mehrere Monate behalten hätte, und Aromasia sollte durch die Enttäuschung ihrer Nase und den Zorn des Publikums das Geruchsklavier gründlich verleidet werden. Beides war vereitelt worden.

Im Augenblicke, als die Detonation eintrat, durchzuckte Oxygen das Bewusstsein seiner Tat. Die Folgen seines Beginnens standen vor seiner erschreckten Seele. Aromasia vernichtet! Mit ihr vielleicht noch Hunderte von Menschen! Und durch seine Schuld! Ein tiefer Schmerz überkam ihn, aber Oxygen verlor nicht seine Besinnung. Er musste retten, was in seiner Kraft stand. Er eilte nach Hause, um seinen feuerfesten Anzug zu holen und für alle Fälle...

In die wenigen Augenblicke, deren er bedurfte, um nach seiner Wohnung zu fliegen, das Rettungswams umzuwerfen und samt seinem geheimnisvollen Apparate auf dem Dache des Odoratoriums zu erscheinen, drängte sich eine solche Fülle von Empfindungen, Überlegungen, Schlüssen und Entwürfen zusammen, wie nur ein so bevorzugter Geist jener vorgeschrittenen Zeit so rasch sie bewältigen konnte. Wenn Aromasia wirklich durch ihn vernichtet war – das Liebste, was ihn neben seiner Wissenschaft ans Leben fesselte? Wenn er sich selbst ihrer Ermordung anklagen musste? Was war die nächste, äußerliche Folge? Dass seine Unvorsichtigkeit das Unglück herbeigeführt habe, konnte nicht verborgen bleiben. Auch lag es ihm fern, seine Schuld verheimlichen zu wollen. Das Fachgericht musste ihn schuldig finden der vorsätzlichen Beschädigung von Privateigentum, der versuchten Körperverletzung und der fahrlässigen Tötung von fünf Personen. Er konnte auf zwei bis drei Monate Einzelhaft rechnen, und die öffentliche Meinung mochte das Urteil durch eine mehrjährige Verbannung verschärfen. Und wenn die Zeit vorüber war? Wohl musste er seine gesetzmäßige Strafe und ihre Ableistung, seiner Auffassung und der seiner Zeit nach, als eine vollständige Sühne für alles Geschehene auffassen.

Kein Tadel mehr haftete an ihm. Aber konnte er sich selbst damit zufrieden geben? Konnte er je die Schuld büßen, die er vor seinem Gewissen auf sich geladen, dadurch, dass er Aromasia der schrecklichen Gefahr aussetzte allein um der Befriedigung seiner Wünsche willen? Und konnte er je den Verlust verschmerzen, der ihm selbst als die grausamste Strafe zugefallen war, den Verlust der Geliebten? Ja, sie war grausam, allzu grausam, diese Strafe! Was hatte er denn getan, um solches Elend zu verdienen? Was jeder andere getan hätte, der, gereizt wie er, die Mittel der Vergeltung besessen. Hatte er nicht das Recht, auf Aromasia einzuwirken, um ihre Neigung, deren Verlust ihm drohte, wiederzugewinnen, indem er die Feinde derselben beseitigte. Was ist das für ein erbärmliches Geschick, was für eine unfertige Weltordnung, die auf so lächerlich unbedeutende Ursachen hin so entsetzliche Folgen häufen konnte?

Was bin ich diesem Schicksal und meinem Leben noch schuldig – so sprach er bei sich –, wenn es selbst gegen mich so ungerecht ist, wenn ich ohnmächtig der Spielball blinder Gewalten sein soll? Oder dürfen etwa gewisse Arten des Glücks mir entzogen werden, weil mir einige andere Gaben verliehen sind? Gut, so will ich ohne Rücksicht auf Glück und Liebe und Leben Gebrauch von ihnen machen und ihre Wirkungsfähigkeit bis in alle Konsequenzen verfolgen!

Nicht vergebens will ich dein erstes Grundgesetz bezwungen haben, du stolze Natur – vom Gesetze der Schwerkraft vermag ich einzelne Arten des Stoffes zu emanzipieren. Ja, mühevoller Arbeit von Jahren ist es gelungen, den molekularen Zustand gewisser chemischer Zusammensetzungen so zu modifizieren, dass sie der Gravitation nicht mehr fähig sind. Längst wissen wir, dass es anziehende, durch den leeren Raum wirkende Kräfte nicht gibt; der Druck des Weltäthers, dessen Atome von allen Seiten, doch mit wechselnder Häufigkeit, anprallen, ist es, welcher die Körper nach einem gemeinschaftlichen Schwerpunkt drängt. Für diese Bewegungsart der Ätheratome habe ich meinen Apparat durchdringbar gemacht, keine Schwerkraft mehr vermag ihn zu beeinflussen – und mich selbst? Was macht es, wenn mein Körper dabei zu Grunde geht? Frei kann ich sein, frei will ich sein! Da steht meine Hohlkugel – ein paar Handgriffe, fort schießt sie, von der Schwungkraft der Erde geschleudert, der Schwere enthoben, fort von der Oberfläche des Planeten, von seiner Bahn um die Sonne, an die sie nichts mehr fesselt. Wohlan, ich schaffe sie auf den Kranz des Odoratoriums; und ist das Schreckliche wahr, ist Aromasia mir genommen – so nimm auch mich dahin, unersättliches Nichts! Ich werde auf eine Weise aus dem Leben gehen wie noch niemand zuvor; ich werde schauen, was noch niemand sah; ich werde auf eine wahrhafte Art gen Himmel fahren.

Ist es mir nicht gelungen, trotz aller Macht, die ich über die Gesetze der Phänomene hatte, jene kleinen Regungen, die vom Gehirn Aromasias ausgingen, für mich zu gewinnen, konnte ich nicht den Besitz eines Menschen erringen, der doch nur ein Atom ist im All, hatte das blinde Schicksal wirklich so viel Gewalt über mich – so kann an meiner Existenz nicht viel liegen. Fahre dahin, Oxygen, wo keine Sterne mehr durch den Raum wandeln!

Von solchen Gedanken bewegt, war Oxygen mit seinem Apparat nach dem Odoratorium zurückgekehrt, hatte sich in den heißen Bau gestürzt, Aromasias entstellte Reste gefunden und war an sein Fahrzeug zurückgeeilt. Hier rief er die Worte zum Volke hinab, die seinen traurigen Entschluss verkündeten. Die durchsichtige Hohlkugel schloss sich über ihm, das präparierte Gas wurde von der Materie derselben wie von seinem Körper absorbiert, und der Widerstand gegen den anstürmenden Weltäther war gebrochen. Die Erde, welche ihn nicht mehr an sich zog, schleuderte ihren ungetreuen Sohn von sich. Der Stoß des Daches gab der abfliegenden Kugel eine langsame Rotation, und leuchtend durchmaß sie in wenigen Minuten die Atmosphäre der Erde, welche schweigend unter ihr die gewohnte Bahn fortrollte.

Es war ein seltsamer Zustand, in welchem Oxygen sich befand.

Die hohle, durchsichtige Kugel, welche ihn umschlossen hielt, war samt ihrem Inhalt in keiner Weise den Wirkungen der Schwerkraft unterworfen. Aber nur diejenigen Bewegungen, welche eine Durchdringung durch den Äther verhinderten, waren abgeändert. Im Übrigen wirkten die molekularen Bewegungen seines Systems in wenig verwandelter Weise fort, aber es besaß keinen Schwerpunkt mehr, weder in sich noch in der Außenwelt. Jede Muskelbewegung hatte einen Aufruhr aller Gegenstände im Innern der Kugel zur Folge. Es war natürlich, dass die Bedingungen des Lebensprozesses abgeändert wurden, und ehe noch die Atemluft verzehrt war, hatte der Pulsschlag aufgehört. Oxygens reiches Leben entfloh.

Sein Fahrzeug aber flog mit der gleichmässigen Geschwindigkeit, welche es als Teil der Erde besessen und in Folge des Beharrungsvermögens der Körper beibehalten hatte, langsam rotierend durch den unermesslichen Raum. Kein Planet, keine Sonne vermochte es aus seiner Bahn zu lenken, kein Meteor erfuhr eine Störung durch dasselbe. In unendlicher gerader Linie glitt das neue Gestirn durch die ganze Ausdehnung des Sonnensystems, welches unter ihm forteilte, an deren Sonnen vorüber, hinaus, hinaus bis in die Nebelfernen, bis in die Unendlichkeit –

Die Menge hatte sich verlaufen. Der Verkehr in dem von der Katastrophe betroffenen Stadtteil unterschied sich in nichts mehr von dem in den entfernteren Gebieten, welche kaum das Unglück gewahr geworden waren. Die Geschäfte nahmen ihren durch die Nacht nur wenig unterbrochenen Gang. Die Erhellungspunkte glühten, die Luftwagen schwirrten, in den Vereinslokalen debattierte man über die Zeitfragen, und in den öffentlichen Erholungsstätten klangen die Gläser; noch spendete der Wein dieselbe göttliche Heiterkeit wie bei den Gelagen der Olympier. Nur allgemeiner war die Freude geworden.

Der Strom der Menschheit flutete weiter. Wer vermochte die Stelle zu zeigen, wo die verlorenen Wasserstäubchen fehlten?

Magnet hatte Oxygen am Klange der Stimme erkannt, mit welcher er Aromasias Untergang verkündet hatte. Sein Schmerz und seine Trauer duldeten ihn nicht an der Stätte, wo ihm eine Welt untergegangen und doch die Welt dieselbe geblieben war. An jenen Ort wollte er eilen, wohin ohne das Dazwischentreten eines grausamen Geschicks ihn sonst mit ihr zusammen der Luftwagen getragen hätte. Dort erzählte ihm der gleiche Fortgang des Lebens rings um ihn nichts von der Gleichgültigkeit der Welt; dort hatte ja Aromasia nicht gelebt, und darum konnte es ihn nicht kränken, dass er nicht in jedem Auge seinen eigenen Schmerz wieder fand; dort durfte er seinen Verlust als einen unersetzlichen betrauern. Im Gebiete der Luft und an den Wassern des Niagara wollte er seinen schmerzlichen Träumen nachhängen und in seiner Weise die Versöhnung suchen.

Der schwache Schein der Dämmerung im Norden hatte seinen niedrigsten Stand erreicht, als der Motor Obertons in die klare Nacht emporstieg. Hinter ihm, unter ihm blieb die Stadt, blieben die gewöhnten Lande. Es war dem Dichter, als müsse er die ganze Erde hinter sich zurücklassen und nur in eine ferne Zukunft Sehnsucht und Gedanken richten.

Ich verstehe dich, ich begreife dich, Oxygen, dachte er, dass du nicht nur der menschlichen Gesellschaft, dass du der Welt selbst Lebewohl gesagt. Ich ahne es, du hast deine Macht über die Kräfte der Natur angewandt, dich jeglichem Einflusse derselben zu entziehen. Zum Nullpunkt des Seins wolltest du dringen, und für deinen Teil glaubst du die Aufgabe gelöst zu haben. Du hast der Schwerkraft, dem großen Bande des Kosmos, dich entrissen, frei fliegst du dahin, durch nichts angezogen, durch nichts geleitet, in absoluter Unabhängigkeit, in einer wahrhaft freiwilligen und unwiderruflichen Verbannung. Ins All verbannt! Und doch bist du nicht wahrhaft frei! Du selbst musst sterben und empfindest schon deine Freiheit nicht mehr! Aber auch vom großen Verbande des Seins konntest du dich in Wirklichkeit nicht lösen! Noch gibt es molekulare Bewegungen und lebendige Kräfte in deinem eigenen Gestirn, die ohne Wirkung nicht im All verschwinden können. Oh, ich folge dir auf deiner Bahn durch die Sterne, ich eile mit dir in Milliarden von Jahren vorüber an den Sonnen der Milchstraße, vorüber an all den hellen und dunklen Gebilden, welche den Raum in ungemessenen Weiten erfüllen.

Aber einst – ich sehe es – trifft deine Kugel doch auf deiner Bahn an eines derselben. Ein chaotischer Weltnebel ist es, noch im ersten Stadium seiner Bildung, vielleicht das Resultat einer Weltzerstörung. In völliger Trennung irren die Atome ohne Zusammenhang durch den Raum, noch gibt es keine Wärmebewegung, noch zittert keine Lichtwelle durch die Nacht. Da tritt deine Kugel hinein mit ihrer lebendigen Kraft, und ein Anstoß zu neuen Schwingungsarten ist gegeben. In regelmäßig umlaufenden Bahnen gruppieren sich die Atome zu Molekeln, von ihren geordneten Stößen getroffen, erzittert der Äther, und Leuchten kommt in die Masse. So wenigstens muss ein Mensch den Vorgang beschreiben. Ich bin nur ein Mensch, aber ich weiß es: Ein neues Gestirn flammt am Himmel auf. Noch sah es die Erde nicht, noch müssen Jahrtausende vergehen, ehe der Lichtstrahl zur Erde gelangt – aber es wird geschehen.

Armer Oxygen, so bist du doch nicht frei, nicht frei von den Banden unentrinnlichen Seins; die Schwere flohest du, und wieder reißen dich die Atome in ihren Wirbeltanz. Du kanntest nicht den richtigen Weg, den einzigen, den es gibt, von jenen Kräften des Stoffes sich zu befreien. Der alte Dichter kannte ihn wohl:

»Aber dringt bis in der Schönheit Sphäre,
Und im Staube bleibt die Schwere
Mit dem Stoff, den sie beherrscht, zurück.«

Ja, Oxygen, hier ist Freiheit! Ich bin frei bin es durch die Macht des *Ideals*, bin es durch meine dichtende Kunst, die mich über die Schranken der Welt und meiner räumlichen und zeitlichen Existenz hinausträgt.

Ha! Durch deinen neuen Stern, den die Folgen deines Unrechts hervorriefen, sehe ich die Versöhnung kommen – nicht in einer geträumten Ewigkeit, in einem erdichteten Jenseits, das frei wäre von den Gesetzen der Natur, die alles binden; sondern, wenn auch in der Dichtung, so doch innerhalb dieser Gesetze, durch die Gewalt unzerstörbarer Wirkungen im Mechanismus der Welt. Tausende von Jahrmillionen gehen dahin, aber die heilige Kraft meiner Kunst deutet mir die Versöhnung.

Zu der Zeit, da dein Stern aufleuchtet, rollt die Erde vielleicht nicht mehr in ihrer alten Bahn. Hat sich eine Flutwelle am Sonnenäquator als ein neuer Planet abgelöst und ist die Erde mit den Übrigen ein Stückchen weiter hinausgeflogen? Oder haben die hemmenden Kräfte des Ozeans die Rotation der Erde verzögert und ist sie dem Sonnenball näher gerückt? Sei es so oder so – in jedem Falle haben sich die Verhältnisse auf ihrer Oberfläche so geändert und mit ihnen die der lebenden Wesen, dass wir die alte Menschheit nicht wieder erkennen.

Zwar ein Teil derselben hat auf dem alten Standpunkte sich erhalten. Aber es sind unterdrückte Wesen. Eine vorgeschrittenere Gattung beherrscht den Planeten, und in den mannigfachen Katastrophen ist die Tradition ihrer Abstammung aus gemeinschaftlicher Wurzel verloren gegangen. Von den verachteten Menschen wollen sie nichts wissen. Unvergleichlich höher steht dies Geschlecht mit der schweren Gehirnmasse, mit den Wirbelfüßen und der komplizierten Organisation, die es sich im Kampfe ums Dasein erworben hat. Die Zerebrer sind es – ach, Reimert-Oberton, sie kennen deine Werke nicht mehr!

Zwischen zwei im Mondlicht glänzenden Abendwolken lustwandelt ein Zerebrer-Pärchen. Ihre Windmühlenflügelfüße bewegen sich so schnell, dass sie die Luft treten. Das Thema ihres Gespräches ist nicht neu. Es ist nicht nur vor zwölf Milliarden Jahren von den Menschen in glühenden Liedern abgehandelt worden, auch vor ihnen schon hatten es die Pterosaurier mit ihren Flughäuten gesäuselt. Denn es dreht sich um die natürliche Zuneigung zweier Wesen verschiedenen Geschlechts, welche man die Liebe nennt.

Das Pärchen scheint nicht ganz einig zu sein.

Unwillig runzelt sie die Flugschwimmhaut und achtet nicht auf seine flehenden Worte.

Was hatte er verbrochen? Vielleicht den schönen Schraubenfuß einer anderen gelobt? Ach, die Mädchen sind so schwer zu verstehen, und nun gar eine Zerebrin. Kurz und gut, sie ist ungehalten.

Zu seinem Unglück kommt ein Mensch auf seinem Luftrade der Ungnädigen zu nahe. Der Windzug stört sie, ein Tritt von ihrem Schraubenfuß, und der Arme stürzt hinab.

Wie grausam, braust Herr Zerebrus auf.

Es ist ja nur ein Mensch! sagt sie wegwerfend.

Nur ein Mensch? Glaubst du denn, dass ein Mensch nicht auch Empfindung besitzt, denkt und fühlt?

Wenn er mich aber inkommodiert?

So verdient er doch Rücksicht wie jedes lebende Wesen. Aus den Menschen erst hat sich unser Geschlecht zu solcher Vollkommenheit entwickelt, und du kannst nicht wissen, ob du nicht einen Ur-ahnvetter deines Geschlechtes verletzt hast.

Jetzt bist du aber unartig, sagte sie zürnend. Von diesen unver-ständigen Tieren sollen wir abstammen, die nur heulen und kräch-zen können und nicht einmal von selbst fliegen? Und wir, mit unse-rer Weltanschauung – ich bitte dich!

Und doch verstehen sie untereinander ihre Sprache geradeso wie wir die unsere, und wenn sie sich auch auf einer niederen Entwick-lungsstufe befinden, wenn ihnen auch vielleicht die Anschauung des Unbedingten abgeht, so fühlen sie den Schmerz wie du und freuen sich ihres Lebens wie du; die Empfindung ist relativ und dem Menschen ebenso wertvoll wie dem Zerebrer. Unrecht ist es daher, ihn zu quälen oder zu töten. Vielleicht wartet jetzt vergebens die einsame Geliebte auf den Zermalmten.

Oh, du bist abscheulich! Mir solche Vorwürfe zu machen und mit einem Menschen mich zu vergleichen! Du liebst mich nicht! So gehe doch zu deiner einsamen Menschin und tröste sie! Wenn sie so ge-fühlvoll ist, was brauchst du mich? Geh nur!

Was sollte er tun, als um Verzeihung bitten?

Aber sie war hartnäckig. So rasch geht das nicht, sagte sie. Ich weiß nicht, ob ich dir deine Ungezogenheit vergeben darf. Aber ich will milde sein – ich werde das Unbedingte fragen.

Er war es zufrieden.

Rate einmal, sagte sie, gerade oder ungerade?

Ungerade! rief er.

Ich habe die Sterne dort oben in dem Quadratgrade gemeint. Nun wollen wir zählen, wie viel es sind. Wer wird Recht haben?

Das Zählen war im Nu geschehen; denn sie waren Zerebrer.

Gerade! sagte sie.

O weh! klagte der verurteilte Liebhaber! Doch nein! rief er jetzt, *ungerade!* Zähle noch einmal!

Wahrhaftig, eben ist ein neuer Stern aufgeleuchtet – die Liebe war gerettet.

Das war dein Stern, Oxygen!

Die Zerebrer schüttelten sich gerührt die Mittelhände.

Magnet war bei diesen Fantasien ruhig sind fast heiter geworden. Am Falle des Niagara senkte sich sein Wagen.

»Ich hab's gefunden!«, rief er aus. »Das ist der Entwurf zu meinem neuesten Roman!«

Die Arbeit ließ ihn seinen Schmerz vergessen. Selbstzufrieden telegrafierte er an seinen Verleger in Europa: »Was bieten Sie ungesehen für meinen neuesten Roman ›Das Zerebrer-Pärchen oder Der gezähmte Lichtnebel‹?«

»Fünfzigtausend Münzeinheiten!«, lautete die Antwort.

»Angenommen!«

Magnet ließ sich vor einem der großen Hotels nieder, auf einem Platze, von welchem sich die herrlichste Aussicht auf den Fall bot, und fing sogleich zu schreiben an. Natürlich telegrafisch.

Die Sonne ging auf und bildete glänzende Regenbogen im Wasserstaube des Riesenfalls.

»Versöhnt durch zerstörte Liebe ward neue Liebe in fernem Geschlecht.« So schrieb Magnet, und der gehorsame Ätherstrom trug die Worte durch den Leib des Erdballs nach Europa. Sie standen in der Abendzeitung neben Aromasias Nachruf.

Über tredition

Eigenes Buch veröffentlichen

tredition wurde 2006 in Hamburg gegründet und hat seither mehrere tausend Buchtitel veröffentlicht. Autoren veröffentlichen in wenigen leichten Schritten gedruckte Bücher, e-Books und audio-Books. tredition hat das Ziel, die beste und fairste Veröffentlichungsmöglichkeit für Autoren zu bieten.

tredition wurde mit der Erkenntnis gegründet, dass nur etwa jedes 200. bei Verlagen eingereichte Manuskript veröffentlicht wird. Dabei hat jedes Buch seinen Markt, also seine Leser. tredition sorgt dafür, dass für jedes Buch die Leserschaft auch erreicht wird.

Im einzigartigen Literatur-Netzwerk von tredition bieten zahlreiche Literatur-Partner (das sind Lektoren, Übersetzer, Hörbuchsprecher und Illustratoren) ihre Dienstleistung an, um Manuskripte zu verbessern oder die Vielfalt zu erhöhen. Autoren vereinbaren direkt mit den Literatur-Partnern die Konditionen ihrer Zusammenarbeit und partizipieren gemeinsam am Erfolg des Buches.

Das gesamte Verlagsprogramm von tredition ist bei allen stationären Buchhandlungen und Online-Buchhändlern wie z. B. Amazon erhältlich. e-Books stehen bei den führenden Online-Portalen (z. B. iBookstore von Apple oder Kindle von Amazon) zum Verkauf.

Einfach leicht ein Buch veröffentlichen: **www.tredition.de**

Eigene Buchreihe oder eigenen Verlag gründen

Seit 2009 bietet tredition sein Verlagskonzept auch als sogenanntes "White-Label" an. Das bedeutet, dass andere Unternehmen, Institutionen und Personen risikofrei und unkompliziert selbst zum Herausgeber von Büchern und Buchreihen unter eigener Marke werden können. tredition übernimmt dabei das komplette Herstellungs- und Distributionsrisiko.

Zahlreiche Zeitschriften-, Zeitungs- und Buchverlage, Universitäten, Forschungseinrichtungen u.v.m. nutzen diese Dienstleistung von tredition, um unter eigener Marke ohne Risiko Bücher zu verlegen.

Alle Informationen im Internet: **www.tredition.de/fuer-verlage**

tredition wurde mit mehreren Innovationspreisen ausgezeichnet, u. a. mit dem Webfuture Award und dem Innovationspreis der Buch Digitale.

tredition ist Mitglied im Börsenverein des Deutschen Buchhandels.

Dieses Werk elektronisch lesen

Dieses Werk ist Teil der Gutenberg-DE Edition DVD. Diese enthält das komplette Archiv des Projekt Gutenberg-DE. Die DVD ist im Internet erhältlich auf **http://gutenbergshop.abc.de**

FSC
www.fsc.org

MIX

Papier | Fördert
gute Waldnutzung

FSC® C083411

Zeitfracht Medien GmbH
Ferdinand-Jühlke-Straße 7
99095 Erfurt, Deutschland
produktsicherheit@kolibri360.de